AF190223

Catherine May

IM KLEINEN SCHWARZEN
Teil 5

Erotische Erzählung

Crossdresser-Erzählungen
Band 7

Bibliographische Information der Deutschen Nationalbibliothek:
Die Deutsche Nationalbibliothek verzeichnet diese Publikation
in der Deutschen Nationalbibliografie. Detaillierte bibliografische
Daten sind im Internet unter http://dnb.dnb.de abrufbar.

© 2017 Catherine May
Herstellung und Verlag:
BoD – Books on Demand, Norderstedt

ISBN: 978-3-7460-4948-9

Im Morgengrauen

Sie hatten noch lange diskutiert. Alex hatte einfach nicht einsehen können, dass es keine andere Möglichkeit geben sollte, als, statt endlich in das alte, normale Leben – das Leben als Mann und Ehemann – zurückzukehren, die Rolle der Marie weiterzuspielen, noch dazu nach fremden Regeln, in fremder Umgebung und für volle drei Monate.

Das lief doch nun vollends alles aus dem Rahmen! Anfangs war alles wie ein Spiel gewesen, wie ein Experiment – zwar eines, dessen Regeln von Anfang an nicht von ihm selbst bestimmt worden waren, aber es war dennoch nicht wirklich ernst gewesen. Als Eva ihn in ihren Dessous erwischt hatte, hatte sie ihm – doch wohl als Spiel, oder nicht? – ihre ‚Hilfe' angeboten, eigentlich geradezu aufgedrängt. Sie hatte ihn im BH gesehen und ihn gefragt, ob er eine Frau werden wolle. Damit hatte sie ihn in vielerlei Hinsicht überrascht. Er war erst vollkommen perplex gewesen, hatte nur vor sich hin gestammelt, doch sobald er wieder hatte klar(er) denken können, war die Antwort sehr schnell eindeutig gewesen. Aber Eva hatte sie seltsamerweise ignoriert, ihn stattdessen seither in immer neue Situationen gebracht, die er in mehr oder weniger schönen, nicht selten demütigenden Frauen-Outfits hatte durchstehen müssen.

Nach alledem, nach den unterschiedlichsten Erfahrungen und Erlebnissen, war er durchaus bereit, zuzugeben, dass da *auch* Situationen gewesen waren, in denen ihn diese eigenartige Rolle auf eine überraschende

Weise gereizt hatte. Das fing an mit jenem Erlebnis, als er ‚nur noch einmal', aber wirklich ‚zum letzten Mal' diese Stiefel anziehen wollte, die ihn so angemacht hatten; er hatte es aber nicht gekonnt, ohne vorher Stayups und nicht zuletzt das Kleine Schwarze anzuziehen, die zu dem Outfit einfach dazugehörten. Das hatte ihn sogar regelrecht überwältigt, er hatte sich in einer Weise gefühlt, wie er es noch nie zuvor erlebt hatte. Diese Kleider, die sich so ganz anders anfühlten als alles, was er von Männerkleidung kannte, hatten etwas mit ihm gemacht; er hatte sich ansehen, sich befühlen müssen und einen Augenblick lang konsterniert vor dem Spiegel gestanden – und eben das hatte Eva beobachtet. Er hatte es nicht bemerkt, aber sie hatte alles gesehen, und sie hatte ihre Schlüsse gezogen und die Situation wieder einmal auf die Spitze getrieben. Plötzlich war er geschminkt gewesen, frisiert, perfekt gestylt und hatte – in seinen eigenen, den Männeraugen – umwerfend anmachig ausgesehen. Und da hatte Eva ihm ein Glas Sekt in die Hand gedrückt, hatte ihn zum ersten Mal als ‚Marie' angesprochen und ihm dann die mehr als zweideutige Frage gestellt, ob er ‚ihre Frau' werden wolle.

Natürlich war er wieder nicht in der Lage gewesen, die Situation richtig einzuschätzen und hatte sich wieder eine vordergründig diplomatische Antwort abpressen lassen, die Eva anschließend erneut konsequent für ihre eigenen Zwecke ausgenutzt hatte: Er hatte als ‚Marie' sogar ihren Strapon ‚befriedigen' müssen – und als er dies tat, hatte er schon geahnt, dass damit eine Grenze überschritten würde, hinter die es kein Zurück mehr geben würde. Er hatte damit sein Bild vom Mann derart geschädigt, dass dieses Bild, wie er schon damals gefürchtet hatte, nie wieder einen ganzen Mann zeigen würde. Er hatte das damals schon gewusst und damit war bereits der erste Schritt vollzogen worden, das Ganze nicht mehr nur als einen Scherz oder ein Experiment zu empfinden, sondern als etwas, das sich seiner Kontrolle und seinem Einfluss vollkommen entzog und das nachhaltige Folgen haben würde.

Und so war es dann auch gekommen. Er hatte seither keine Kontrolle mehr und sein Leben hatte sich so tiefgreifend verändert, dass er inzwischen daran zweifelte, ob es noch einen Rückweg in sein altes Leben geben könnte. Alles, was seither geschehen war, hatte ihn von diesem alten Leben – von dem Leben als ,Alex', sogar von dem Leben als Mann – weiter entfernt, jedes neue Erlebnis, das Eva heraufbeschworen hatte, war ein weiterer Schritt auf dem Weg weg von diesem alten ,Alex' gewesen.

Und jetzt das: In dem Augenblick, in dem er ganz kurz gehofft hatte, dass es vielleicht doch ein Zurück gäbe, dass er aus seiner Rolle als Marie nun, nachdem Beate verschwunden und Eva offenbar ernüchtert war, endlich wieder entlassen würde, hatte Paul, der Nachbar, dessen vieles Geld Eva und ihre Bank offenbar verzockt hatten, ohne dass er davon wusste – falsch: *jetzt* wusste er davon –, sich bereiterklärt, stillzuhalten und der Bank einen gewissen Aufschub bzw. eine Chance zur Wiederbeschaffung gegeben, wenn er dafür eine Art Pfand bekäme, eine Versicherung, eine Gegenleistung: Ihn. Nein, wiederum falsch, nicht: ihn. Vielmehr: *sie*, Marie.

Und dabei wusste Paul, dass sie er war. Dass seine kurzfristig eingestellte, attraktive Assistentin im ziemlich knapp sitzenden Businesskostüm, dass Marie eigentlich Alex war und dass dieser sich von Eva vollkommen zum Affen, zum Sissyboy, zur Schwuchtel hatte machen lassen – zum Weichei in Seidenstrümpfen, mit aufgesteckten Haaren, lackierten Fingernägeln und Makeup. (Von den Dessous, die er darunter trug, wusste Paul noch nichts. Hoffte Alex.)

Alex hatte wieder einmal nicht begriffen. Er hatte sich nicht ausmalen können, was darunter zu verstehen war, dass dieser Paul ‚Marie will‘. Er war verheiratet, seine Frau Edith hatte sich Marie gegenüber einmal sehr einfühlsam gezeigt und ihr geholfen. *Das* hatte es also nicht sein können, was Alex durch den Kopf schoss. So weit er sah, waren Paul und Edith ein tolles Paar, das harmonisch zusammenlebte und gut miteinander auskam. Umso unverständlicher war ihm all das gewesen: Was stellte sich Paul vor? Was genau wollte er von Marie?

Noch dazu hatte Eva präzisiert, dass Paul Marie *ganz* wolle, nicht allein für einen Bürojob in seiner Anwaltskanzlei und auch nicht nur für einen acht-Stunden-Arbeitstag, sondern für ganze drei Monate, 24 Stunden am Tag, sieben Tage die Woche, und dass die entsprechende Aufgabe nicht hier in der Stadt auszuführen wäre, sondern ‚weit weg‘ – wo immer das sein mochte.

Nun war Alex‘ Gehirn in vollem Gang gewesen. Er war aufs höchste alarmiert. Schließlich hatte er danach gefragt, wieviel sie, Eva und er, über diesen Paul eigentlich wussten. „Wissen wir eigentlich, womit er sein vieles Geld verdient hat – viel mehr als ein junger Anwalt mit einer so kleinen Kanzlei sich schon erarbeitet haben könnte?"

Eva hatte mit dem Kopf geschüttelt. Alex hatte das erwartet, hatte genickt. „Wissen wir nicht. Aha. Drei

Monate, 24 Stunden am Tag, sieben Tage die Woche, und wir wissen nicht, was Marie eigentlich tun soll dort, wohin er sie bringen will, ‚weit weg', wie du dich ausgedrückt hast. Aber langsam bekommen wir eine Ahnung, oder nicht? Ich meine: wozu verwendet man eine Transe, die in heißen Klamotten wie eine attraktive Frau aussieht und sich nicht wehren kann? An dem alles intakt ist und ‚funktioniert' und den man in der Hand hat? Nur: ist das denkbar? Dieser nette, adrette, gepflegte, stilvolle Mann mit der nicht weniger attraktiven und kultivierten Frau an seiner Seite? Ist es vorstellbar, dass gerade er etwas … Anrüchiges tut?"

„Es muss ja nicht notwendigerweise etwas Anrüchiges sein", hatte Eva in dem schwachen Versuch geantwortet, die Situation zu retten. „Das ist tatsächlich nicht wirklich vorstellbar, nicht bei Paul und Edith."

Alex hatte Eva aufmerksam angesehen: „Ist es nicht?"

Er hatte in seinen Gedanken vieles durchgespielt und sich vor allem an zahlreiche Situationen in Krimis und in den Nachrichten erinnert, in denen unbescholtene Ehemänner und Väter kleiner Kinder heimlich die unheimlichsten Dinge anstellten, Dinge, bei denen die Nachbarn dann gewöhnlich sagten, dass sie sich das ‚niemals hätten vorstellen' können – nicht dieser höfliche junge Mann!

„Wir kennen die beiden doch eigentlich gar nicht."

„Nein", hatte Eva eingeräumt, „aber er hat eine Bemerkung gemacht, als wenn, wenn du erst einmal da bist, eigentlich Edith deine Chefin wäre. Wenn ich ihn richtig verstanden habe, scheint sie sich um all das zu kümmern, was mit diesem ‚weit weg' zu tun hat. Und irgendwie hatte ich sogar den Eindruck, dass die Initiative eher von Edith ausgegangen wäre als von ihm."

Das hatte Alex erstaunt. „Von Edith?"

„Ja," hatte Eva eingeräumt, offenbar froh darüber, dass das Gespräch eine verhältnismäßig konstruktive Richtung zu nehmen schien, „er deutete soetwas an. Als handelte er gewissermaßen in ihrem Auftrag. Als wenn es eigentlich Edith gewesen sei, die auf diese Idee gekommen ist. Und" – und sie hatte Alex aufmerksam und sogar erstaunt angesehen – „er hat sogar angedeutet, dass ihr euch darüber bereits unterhalten hättet!"

Alex war konsterniert gewesen. „Das hat er gesagt? Da muss jemand etwas gründlich missverstanden haben!" Aber Alex war sich nicht klar darüber, wer das gewesen war.

„Egal", hatte Eva in einem Ton festgestellt, der deutlich machte, dass sie nun ihre alte Sicherheit und Dominanz wiedererlangt hatte und dass genug über dieses Thema geredet sei, „jedenfalls wirst du morgen früh um 8 Uhr bei Edith und Paul erwartet. Im Kleinen Schwarzen und mit gepacktem Koffer – allerdings nur mit dem Nötigsten. Alles andere bekämest du dort, sagte Paul."

Damit war zwar Vieles ungeklärt geblieben, aber Alex war nichts anderes übriggeblieben, als alle notwendigen Vorbereitungen für diesen geheimnisvollen, nächsten Tag zu treffen. Er hatte sich nicht ausmalen können, wohin es eigentlich gehen und was ihn dort erwarten würde, warum Paul und Edith ihn als ,Marie' wollten, aber gerade dies schien ihm eine Spur zu sein, besonders, da Paul nun über alles Bescheid wusste.

Zugleich aber war durch Evas Erzählung auch noch Edith ins Spiel gekommen. Sie hatte Marie einmal geholfen, hatte sie getröstet und gestärkt. Blitzartig ging ihm durch den Kopf, ob sie Alex vielleicht auf diese Weise aus der untragbaren Situation, in seinem eigenen Haus, von seiner eigenen Ehefrau auf diese Weise gedemütigt zu werden, retten wollte. Ging das Ganze vielleicht auf sie zurück? Aber warum sollte er dann als Marie erscheinen, noch dazu mit der präzisen Angabe, dass sie ausgerechnet das Kleine Schwarze tragen sollte? All das passte nicht zusammen. Und Alex hatte nach den Erfahrungen der letzten Wochen auch kaum mehr daran glauben können, dass jemand ihn ernsthaft würde retten wollen. Dass Edith vielleicht auf seiner Seite gestanden hätte, war für ihn schon schwer zu glauben gewesen. Ein Wesen wie ‚Marie‘ wurde von allen benutzt, verspottet, dominiert – aber ‚gerettet‘ würde es von niemandem! Da war sich Alex vollkommen sicher gewesen.

Und dann vielleicht das Absurdeste: all das nur, um Evas Bank zu retten, die ohne Pauls Geld offenbar pleite war. Und nicht nur ‚ein bisschen‘ pleite, sondern ganz und gar. Vollkommen! Alex hatte nicht verstehen können, warum ausgerechnet er und noch dazu unter diesen absurden Bedingungen die Versicherung spielen sollte, dass Paul sein Kapital in den nächsten drei Monaten nicht von der Bank zurückforderte.

Immer mehr war er ins Grübeln gekommen: Konnte das eigentlich irgendjemand von ihm verlangen? Gab es für ihn in irgendeiner Weise soetwas wie eine moralische Verpflichtung, das zu tun? Gab es einen nachvollziehbaren Grund, warum ausgerechnet er Evas Bank retten musste? Ihm war keiner eingefallen, außer dass er auf diese Weise seiner Frau helfen konnte. Aber ging das nicht ein bisschen weit? Ein bisschen *verdammt* weit sogar? Ging das nicht deutlich über alles hinaus, was man von einem Mann, einem Menschen verlangen konnte?

Welch eine absurde Vorstellung, eine Bank retten zu wollen, indem ein Mann ins Kleine Schwarze, in Nylonstrümpfe und Highheels gesteckt und irgendwohin verschifft würde!

Alex stand aus dem Bett in der kleinen Kammer auf, in der er seit ein paar Tagen wie ein Dienstmädchen schlief, und begann, seinen Koffer zu packen. ‚Das Nötigste', hatte Eva gesagt, allerdings nicht präzisiert, was damit gemeint war. So bestand der größte Batzen schließlich aus den Schuhen, von denen Alex, da er nicht wusste, was ihm bevorstand, gleich drei Paar einpackte, einschließlich der – seltsam, dass er in diesem Augenblick so empfand – liebgewonnenen schwarzen Lederstiefel.

Anschließend ging er, bekleidet mit Nachthemd und seidenem Morgenmantel, den er eng um sich zog, ins Wohnzimmer, wo Eva im Kamin ein viel zu großes Feuer entzündet und kalten Rotwein bereitgestellt hatte. Sie sah noch immer ungewohnt verquollen aus und ohne ihr Makeup sogar ein wenig ungeschützt; vielleicht hatte sie auch noch einmal geweint. Alex hätte *sehr* gern gewusst, welche Rolle *er* bei diesen Tränen gespielt hatte. Allerdings machte es ihm die Erfahrung der vergangenen Tage schwer, daran zu glauben, dass sie *überhaupt* etwas mit ihm zu tun gehabt hatten. Wahrscheinlich war es eher um die geheimnisvolle, plötzliche Abreise Beates und um die Bank gegangen, die ganz offensichtlich am Abgrund stand, um Evas Lebensstandard, um das teure Haus und, nicht zuletzt, um ‚richtige' Männer mit mehr zwischen den Beinen, als Alex vorzuweisen hatte.

Ein Gespräch kam nur langsam in Gang, sie waren beide gehemmt, auch wenn Eva dies nicht zugeben wollte. Alex merkte es, da ihre Stimme tiefer war und förmlicher klang, nicht so ungezwungen, wie es sonst der Fall war, wenn sie sich unterhielten.

Irgendwann dann kamen sie auf die vergangene Woche zu sprechen; auf Evas Verhalten, mit dem sie Alex gedemütigt und ihn in eine Reihe von äußerst peinlichen Situationen gebracht hatte bis hin zu diesem unsäglichen ‚Oktoberfest'. Sie sprachen ansatzweise auch über das Auftauchen Beates und deren offenbar sadistische Vorlieben, die sie an Alex mit Rückendeckung Evas skrupellos ausgelebt hatte. Eva wollte sich entschuldigen mit der Versicherung, sie habe geglaubt, dass Alex es sich so gewünscht habe; tragischerweise hätten sie es versäumt, ein Codewort abzusprechen, mit dem Alex die Grenze hätte markieren können, die nicht überschritten werden durfte, mit dem er sich vor den Schikanen dieser Sadistin hätte schützen können.

Es hätte viel zu besprechen und zu klären gegeben, aber die Zeit, die von dieser Nacht noch übrig war, war zu kurz; so blieb für Alex schließlich offen, ob Eva ihre Entschuldigung wirklich ernst meinte oder ob sie sie nicht vorschob in einem Augenblick, in dem sie auf Alex angewiesen war. In seinen Ohren klangen ihre Worte letztlich jedenfalls nicht restlos überzeugend, zumal sie sich körperlich fern blieben – Alex in Maries verführerischem Morgenmantel und Nachthemd auf dem Sofa, Eva auf dem Sessel neben dem Kamin, die Beine hochgezogen, die Füße unter ihren Hintern geschoben. Sie hatte sich zu keinem Zeichen von Zärtlichkeit überwinden können. Eigentlich eine höchst ungewohnte Situation in ihrem Beziehungsleben, in dem sie sich bisher immer *auch* körperlich ‚wieder vertragen‘ hatten, in der körperliche Zärtlichkeit häufig sehr viel wirksamer gewesen war als Worte.

Alex beobachtete diese Situation mit wachsender Irritation. Er hatte den immer stärker werdenden Eindruck, dass Eva nicht vorhatte, sich in irgendeiner Weise für ihn zu verwenden: ganz offensichtlich kam es für sie nur darauf an, dass er bereit war, auf Pauls Forderung einzugehen. Daher ihre bemühte Freundlichkeit, die nach den vergangenen Tagen ungewohnt war und nicht echt herüberkam. Im Grunde schien sie darauf zu warten, dass der Morgen anbrach, sie ‚Marie‘ bei Paul abliefern konnte und ihn auf diese Weise los war.

Aber in dieser Marie steckte noch immer ein wenig Alex. Er spürte, wie Widerstand in ihm erwachte. Das *konnte* niemand von ihm verlangen! Es musste eine andere Möglichkeit geben, eine, bei der er sich nicht in dieser absurden Weise würde verkaufen lassen müssen. Und Eva, offenbar selbst angeschlagen, ließ die Zügel locker.

So beschloss Alex nach einiger Zeit des unbefriedigenden Gesprächs – ohne es indessen laut zu sagen –, dass er sich wieder auf die eigenen Hinterfüße setzen und mit Paul und Edith sprechen würde. So wie er die beiden kennengelernt hatte, waren sie vernünftige Menschen, mit denen man eine Lösung jenseits dieser perversen Maskerade würde finden können. Wahrscheinlich war das Ganze ohnehin ein Missverständnis – andernfalls würde es sich fast um einen Fall von Menschenhandel oder sogar Entführung, mindestens aber Nötigung handeln.

Als es schließlich so weit war, als zu Evas unverkennbarer Erleichterung die Nacht vorüber und der Augenblick gekommen war, mit den Vorbereitungen zu beginnen, stellte Alex sich einigermaßen hoffnungsvoll unter die Dusche und verwandelte sich anschließend wieder Stück für Stück in Marie – zum letzten Mal, wie er sich selbst zu überzeugen versuchte –, während Eva in der Küche das Frühstück machte. Als Alex, wie gewünscht, im eleganten Kleinen Schwarzen, fertig frisiert und geschminkt, mit schwarzen Nylonstrümpfen und den passenden, schwarzen Pumps im Esszimmer erschien, frühstückten sie. Es war für Alex ungewohnt, dass nicht er Eva bedienen musste, sondern Eva fast auffällig um ihn bemüht war.

Und jetzt, wo aufgrund seiner Entscheidung ein wenig Druck von ihm abgefallen war, bemerkte er plötzlich, dass er einige Dinge an ‚Marie' auch genießen konnte: Die Gepflegtheit im Allgemeinen, die eleganten, lackierten Fingernägel, die sorgfältig ausgewählte Kleidung, die die Figur umschmeichelte, und nicht zuletzt die eigenen Bewegungen, die durch all dies stimuliert wurden, sogar das aufreizende Klackern der Absätze auf dem Holzboden des Esszimmers, all das übte einen Reiz aus, den man als Mann in Männerkleidung niemals verspürte.

Um kurz vor 8 Uhr zog Alex Evas kurzen Trenchcoat über, Eva nahm den kleinen Koffer und sie gingen gemeinsam zu Paul und Edith hinüber – Alex hatte den Koffer in der Überzeugung gepackt, dass er nach einem klärenden Gespräch gleich wieder nach Hause und in das alte Leben – das Leben *vor* ‚Marie' – zurückkehren würde. Eva war sichtlich nervös, aber äußerst sorgfältig gestylt. Es war überdeutlich, dass sie Paul gern durch ihren Anblick erfreuen und für sich einnehmen wollte.

Niemals!

Auf ihr Läuten öffnete ein Dienstmädchen die schlichte, aber schwere Haustür. Eva nannte ihre Namen und wollte das Haus betreten, doch das Dienstmädchen hielt die Tür so, dass Eva nicht an ihr vorüber konnte.

„Es tut mir leid, ich habe die ausdrückliche Anweisung, nur Fräulein Marie" – sie deutete mit der Hand leicht in Alex' Richtung – „einzulassen. Entschuldigen Sie bitte."

„Wie bitte?" Eva war ehrlich konsterniert. „Da muss es sich um einen Irrtum handeln."

„Nein, keineswegs. Es tut mir leid. Aber es ist ja ohnehin niemand hier. Ich habe ein Taxi gerufen, das Fräulein Marie" – diesmal ein fast schüchternes Lächeln in seine Richtung – „zur gnädigen Frau bringen wird. *Nur* sie."

Eva und Alex sahen sich an. Eva hob hilflos beide Hände bis in die Höhe der Ellenbogen und ließ sie dann wieder sinken. Ihr Widerstand war auffällig schnell gebrochen.

Alex, jetzt ganz bewusst der männliche Ehepartner, der in der Krisensituation nach einer Lösung suchte, wollte ebenfalls Einspruch erheben, aber schon nach kurzer Zeit musste er einsehen, dass es keinen Sinn hatte. Das Dienstmädchen war in keiner Weise befugt oder in der Lage, irgendwelche Entscheidungen zu treffen. Sie sollte Marie einlassen und dann ins Taxi setzen. Punkt. Von mehr wusste sie nicht und mehr konnte sie nicht tun, alles andere überschritt ihre Befugnisse und wahrscheinlich auch ihre Fähigkeiten zu eigenem Denken.

Sie küssten einander flüchtig. Alex sagte: „Ich bin bald zurück." Eva nickte. Die Tür schloss sich so schnell, dass sie sich nicht einmal mehr einen letzten Blick zuwerfen konnten. ‚Wahrscheinlich ist es ihr ganz recht so', dachte Alex, bevor er sich darauf konzentrieren konnte, was nun mit ihm geschah. Dabei half ihm das wieder einmal irritierende Klackern der hohen Absätze auf dem Steinfußboden und das Gefühl des engen Rocks auf den Nylonstrümpfen an seinen Oberschenkeln. Diese Details versetzten noch immer etwas in seinem Innern in Spannung.

Das Dienstmädchen führte ihn in ein Zimmer, bat ihn, Platz zu nehmen und entfernte sich. Alex setzte sich und schlug die Beine übereinander. Er versuchte, seine Konzentration zurück zu gewinnen. Er wollte den Pegel seiner Entschlossenheit nicht wieder absinken lassen!

Nach einiger Zeit kam das Taxi. Alex stieg hinten ein, der Fahrer deponierte den Koffer im Kofferraum und der Wagen setzte sich in Bewegung. Zufällig fuhren sie an seinem und Evas Haus vorbei. Alex meinte, seine Frau hinter der Gardine stehen zu sehen. Ob sie wohl weinte? Er glaubte es nicht. Nicht nach allem, was sie ihm in den vergangenen Tagen angetan hatte. Wenn überhaupt, dann weinte sie um sich selbst – über die düsteren Aussichten für sie, falls es ihm nicht gelang, womit auch immer die Bank zu retten. Wahrscheinlich aber rief sie gerade Beate an und organisierte eine große Party, mit allen Jungs aus dem Bierzelt, die nur bedauern würden, dass das Weichei, die Tunte, der Sissyboy nicht mehr da war, dem man so schön …

Alex verdrängte die Gedanken. Allerdings meinte er

in diesem Augenblick, wieder Salzgeschmack in seinem Rachen wahrzunehmen.

Sie kamen am Flughafen an. Der Taxifahrer übergab Alex einen Zettel, auf dem genau stand, wohin er gehen sollte. Flugsteig soundsoviel, VIP-Lounge. Als er mit dem Koffer in der Hand und den unüberhörbaren Absätzen die Lounge betrat, sah er, wie sich in der Ferne ein Arm hob und winkte. Das galt ihm, das erkannte er sofort. Edith erhob sich von einem bequemen Sessel und kam ihm ein paar Meter entgegen.

„Wie schön, dass du da bist, Marie. Ich hoffe, es hat alles geklappt mit dem Taxi."

Alex nickte nur. Er war verwirrt. Flughafen? Wohin sollte es gehen? Panik stieg in ihm auf: Wenn das hier zu schnell ging, wenn er nicht aufpasste, dann saß er gleich in einem Flugzeug, und dann war der Rückweg mit unüberwindlichen Hindernissen gepflastert. Wie sollte er in diesem Aufzug durch irgendeine Zollkontrolle kommen, um ein Flugzeug zu besteigen, das ihn wieder zurück brachte?!

Kurzentschlossen versuchte er, ohne Umschweife zum Thema zu kommen. „Edith!" Er musste auf jeden Fall schnell sein. Schnell und überzeugend. Das hier entglitt ihm, das spürte er, es geschah etwas mit ihm, das er unbedingt aufhalten musste. „Was geht hier vor?"

Edith sah ihn aufmerksam an. „Mach dir keine Sorgen, liebe Marie, es ist alles gut."

„Aber ..." Er wollte auf keinen Fall die Initiative aus der Hand geben – die er ohnehin nur noch am kleinen Finger zu fassen bekam. Aber ihm fiel der richtige Satz, die richtige Frage nicht ein. Die vergangenen Tage hatten ihn ganz offensichtlich jeder Selbstsicherheit und jeder Fähigkeit beraubt, eine Situation im Griff zu behalten.

„Du wirst nichts tun müssen, was du nicht willst. Okay?" Edith hatte ihn an seinen beiden Armen gefasst und sah ihm eindringlich in die Augen. „Vertrau mir! Es ist ein bisschen unfair von uns, dass wir die Situation ausnutzen, aber wir haben auch unsere Gründe, glaub mir. Wir alle haben doch unsere Gründe, oder nicht?" Und sie sah an Alex hinunter, der unschlüssig vor ihr stand und aus unerfindlichen Gründen in diesem Augenblick den Spitzen-BH auf der Haut fühlte.

Edith nahm ihm den Koffer aus der Hand und wollte sich wieder dem Ausgang zuwenden.

„Aber was geschieht hier?", frage er erneut. „Warum bin ich hier? Ich meine: Du weißt alles, du hast mir schon einmal geholfen – warum jetzt *das*?"

Edith sah ihm tief in die Augen. „Weißt du, Marie", sagte sie dann langsam, „wir sind ein bisschen unter Zeitdruck. Unser Flieger steht bereits bereit, wir müssen nur noch einsteigen. Lass uns das tun, ich erkläre dir alles unterwegs."

„Aber wohin soll es denn gehen?" Automatisch setzte sich Alex, dessen Durchsetzungswille schon wieder schwächer wurde, in Bewegung und folgte Edith, die durch den Ausgang der VIP-Lounge in die Abflughalle trat. „Ich meine –" Nun wurde er von Panik überflutet, er ergriff Ediths Arm und hielt sie zurück – „ich will eigentlich nicht mit! Ich *will* nicht in diesen Flieger steigen, von dem ich nicht einmal weiß, wohin er fliegt! Nicht *so*!" Und er wies mit einer Bewegung an sich herab.

Edith war stehengeblieben und sah ihn erneut intensiv an. Sie nickte leicht mit dem Kopf. „Ich verstehe dich, Marie. Mir würde es wahrscheinlich ähnlich ergehen. Aber dieses eine Mal möchte ich dich bitten: Vertrau mir! Steig in diesen Flieder, Marie, du ..."

Von einer Welle des Widerstands ergriffen, unterbrach er sie, fast rüde: „Ich *bin* nicht Marie, das weißt du! Ich bin Alex! Ich bin ein *Mann*!" Unwillkürlich sprach er leiser, aber dafür umso eindringlicher. „Ich habe mir das alles hier nicht ausgesucht, das weißt du! Ich bin nicht freiwillig hier und *so*! Warum also das Ganze? Warum zwingt ihr mich dazu, diese Rolle weiter zu spielen, zumal gerade jetzt, da ich sie eigentlich beenden könnte?"

Edith nickte noch immer. „Ich weiß, ja. Du bist nicht Marie. Aber trotzdem bitte ich dich, in dieses Flugzeug zu steigen!"

Alex meinte, sie nervös oder jedenfalls ungeduldig werden zu sehen.

„Als Marie?"

„Ja, als Marie." Edith atmete einmal tief durch. „Ich will nicht davon sprechen, dass es irgendwelche Vereinbarungen zwischen Paul und deiner Bank gibt, irgendwelche Verpflichtungen. Und es ist mir sogar unangenehm, dich daran zu erinnern, dass *ich dir* auch einmal geholfen habe – ich habe das wirklich nicht getan, um eine Gegenleistung von dir verlangen zu können, glaub' mir. Aber jetzt kannst *du uns* helfen! Du kannst uns einen sehr großen Gefallen tun! Ich weiß, dass es nicht ganz fair ist, diesen Gefallen von dir zu erbitten, nur weil es da irgendwelche finanziellen Verpflichtungen gibt. Ich *verlange* diesen Gefallen auch nicht von dir! Aber ... ich *bitte* dich! Ich bitte dich um diesen einen Gefallen. Komm mit mir – als Marie! Denn" – sie zögerte einen Augenblick, offenbar war sie nicht gern und nicht häufig in einer solchen Situation – „wenn ich ganz ehrlich sein darf: wenn du uns nicht hilfst, weiß ich nicht weiter. Ich habe keinen ‚Plan B'."

„Aber in welcher Beziehung soll ich euch helfen? Und warum musste ich dafür ausgerechnet in diesem Kleid hierher kommen?"

„Das würde ich dir gern ausführlich und in Ruhe erklären. Dazu gehört eine Geschichte, die ich dir erzählen möchte. Aber gerade deswegen würde ich das gern im Flugzeug tun, denn der Flugplan, der bereits angemeldet und genehmigt ist, sieht vor, dass wir in 5 Minuten starten." Edith sah auf ihre Uhr und sah dann Marie bittend an.

„Aber ich verstehe trotzdem nicht – warum *so*?" Alex zeigte wieder an sich hinunter. Die langen, lackierten Fingernägel wirkten unabsichtlich sehr elegant.

„Weil wir dich genau so brauchen, Marie – entschuldige: Alex; aber so wie du da stehst, bist du nun einmal Marie, die in diesem wunderschönen, eleganten Kleid einfach verführerisch aussieht. *So* wirst du jemandem eine Freude machen, einen Lebenstraum erfüllen, den er niemals vergessen wird."

„Einen Lebenstraum?" Alex verstand nicht. Wenn es jemand anderes als Edith gewesen wäre, hätte er diese Worte nicht ernstgenommen. Aber Edith hatte ihm gegenüber bisher alles genau so gemeint, wie sie es gesagt hatte. Es musste ein Sinn dahinterstecken, den er nur nicht auf Anhieb erkannte.

Edith setzte sich wieder in Bewegung, nahm Alex am Arm und gemeinsam verließen sie die VIP-Lounge. Mit laut klackernden Absätzen gingen sie hallende, menschenleere Gänge entlang in Richtung des Flugfelds. Alex, dessen Widerstand nahezu gebrochen war, ließ sich nun führen, hörte wie in Trance auf das Klackern, das unweigerlich das Bild zweier attraktiver Frauen in Stewardessen-Kostümen heraufbeschwor.

„Einen Lebenstraum, richtig," nahm Edith ihre Worte wieder auf. „Es geht um nicht mehr und nicht weniger. Und dafür brauchen wir dich, und zwar genau so wie du jetzt bist! Als Marie, in diesem Kleid!"

Alex wusste nicht, was er sagen sollte. Er fühlte sich überwältigt. Bis vor wenigen Stunden hatte er die Rolle der Marie als Sexspielzeug gespielt, hatte sich in der Hand von Leuten befunden, die ihren Spaß mit diesem Spielzeug haben wollten und dies auf möglichst perverse und sadistische Weise. War das, was Edith sagte, nur eine subtilere, aber hintertriebenere Art, ihn in eine neue Falle zu locken? Lief es darauf hinaus? Warum sonst wollten sie ihn in diesem Kleid, geschminkt, in Nylons und in Highheels? Sie brauchten ‚Marie' doch nicht als Anstandsdame oder als Kindermädchen. Alex konnte sich schlichtweg nicht ausmalen, welche Situation oder Aufgabe es rechtfertigen würde, dass er unbedingt mit einem Busen herumlaufen, Kleider und Nylons tragen, sich schminken und maniküren lassen musste.

Alex ging neben Edith her. Die Absätze klackerten noch immer laut in den leeren Gängen. Er fühlte, wie der Stoff des engen Kleids leicht über seine Oberschenkel strich. Er roch das Parfum, das Edith aufgelegt hatte, und fand es auf einmal passend für sie beide. Unaufhaltsam ging es einem Punkt entgegen, das spürte er, an dem es kein Zurück geben, einem Flugzeug, das ihn wer weiß wohin bringen würde! In ein Leben, das vermutlich nichts mehr mit dem zu tun haben würde, was noch bis vor kurzem sein Leben gewesen war.

Abrupt blieb er stehen. „Nein!", sagte er, „ich *bin* nicht Marie! Wie soll ich in dieses Flugzeug steigen, von dem ich nicht weiß, wohin es fliegt, und dann noch als jemand, der – oder die – ich nicht bin? Ich habe nicht einmal einen Ausweis!"

Edith reagierte nicht genervt oder verärgert, wie er befürchtet hatte. Sie nickte. „Ich verstehe dich, Alex", sagte sie. Aus ihrem Mund klang der Name irgendwie unpassend. „Natürlich. Es ist unfair von uns, dich einfach so in das Flugzeug setzen zu wollen. Aber wir stehen, wie ich es schon gesagt habe, leider ziemlich unter Zeitdruck. Ich verspreche dir: Ich werde dir im Flugzeug alles erklären. Es ist ein Privatflieger. Wir werden etwa eineinhalb Stunden in der Luft sein und Zeit haben. Wenn du während des Flugs und nachdem ich dir alles erklärt habe, entscheidest, dass du zurück willst in dein altes Leben – zurück zu Eva, in die Rolle der willenlosen Sexsklavin im Haus einer Frau, die dich anderen Männern als Sexspielzeug anbietet und sich derweil mit Männern *ihres* Geschmacks vergnügt – wenn du also entscheidest, dass du dahin – oder wohin auch immer – zurück willst, dann werde ich, das verspreche ich dir, den Piloten anweisen, dich sofort nach der Landung wieder zurück zu bringen! Das Flugzeug fliegt sowieso wieder zurück, es würde dich also lediglich wieder mitnehmen. Außerdem würde der Pilot, sobald Ihr hier wieder landet, dir 5.000 Euro aushändigen. Einfach nur dafür, dass du mir die Chance gegeben hast, alles zu erklären, und mitgeflogen bist. Okay? Vertraust du mir wenigstens so weit?"

Alex dachte nach. Ausnahmsweise einmal ein faires Angebot. Noch dazu eines, von dem auch er einmal Vorteile hatte. Der Rückweg stand ihm also offen, wenn er Edith glaubte. Und das tat er. Ob er sich die Erklärung hier anhörte oder ein paar Tausend Meter über dem Erdboden, machte *de facto* keinen Unterschied. Zumal er das Geld würde gebrauchen können, wenn er dann dort wieder am Flughafen stand und Entscheidungen würde fällen müssen, Entscheidungen mit weitreichenden Konsequenzen. Und dann …

… spürte er auch eine gewisse Neugierde. Was konnte so wichtig sein, dass es diesen Aufwand lohnte: Ausgerechnet Marie ausgerechnet in diesem Aufzug, noch dazu mit einem Privatflugzeug, irgendwohin zu transportieren, damit sie dort eine mysteriöse Mission erfüllte, die offenbar nur sie erfüllen konnte – oder würde sie auch dort nichts weiter sein als ein Sexspielzeug? Wieder nichts weiter als ein Instrument, mit dem wildfremde Männer ihre perverse Lust befriedigen könnten? Ein Kuriosum, ein ‚Schwanzmädchen‘, das am Exotischen Interessierten mit einem Blowjob für einen Augenblick – und vermutlich für sehr viel Geld – Befriedigung verschaffte? War das nicht ein bisschen viel Aufwand? Standen dafür nicht vor Ort – wo immer das sein mochte – willige ‚Sissyboys‘ zur Verfügung?

Es musste mehr dahinter stecken, das spürte Alex. Zumal wenn so viel Geld im Spiel war. Edith schien ihm keine ‚Puffmutter‘ zu sein, die einem Zuhälter willige Schäfchen zutrieb. Oder hielten sie ihn für noch naiver, als er sich selbst in seinen geheimsten Befürchtungen? Hatten sie recht? Ließ er sich auf so billige Weise täuschen?

Nicht Edith! So war Edith nicht! Diese Erkenntnis stand irgendwann – sie gingen gerade eine Treppe hinunter auf das Flugfeld und er musste höllisch aufpassen, dass er mit den schmalen Absätzen nicht in den

Ritzen der Metallstufen steckenblieb – wie in Stein gemeißelt vor seinem inneren Auge. Während er in ein elegantes Auto stieg, knüpfte er seine Entscheidung ganz an sein Bild von Edith. Sie nicht! Sie war ehrlich, verlässlich – nicht pervers – ihr konnte, ihr wollte er vertrauen.

In dem Augenblick, als der Wagen eine große Runde fuhr und auf den Bereich des Rollfelds zusteuerte, in dem die Privatflieger standen, beschloss Alex, dass er ihr glauben würde.

Denn sicher war auch: Was immer geschah – in das Leben, das er in den vergangenen Tagen in seinem eigenen Haus geführt hatte; in dieses Leben, das nicht mehr seines war, in dem er in den Händen von Menschen gewesen war, die nichts anderes in ihrem Kopf gehabt hatten als ihr eigenes, perverses Vergnügen; in ein Leben, in dem er Schwänze lutschen und Sperma schlucken musste, wollte er nicht zurück. Niemals!

Frühstück bei Tiffany

Das Leben kann so einfach sein! Sich mit dem Auto zum Flieger bringen lassen, einsteigen, Tür schließen, starten. Der Pilot sagt einem, wann man den Sicherheitsgurt öffnen und sich in der Bordbar ein Getränk holen kann. Zeit haben, um sich in Ruhe zu unterhalten. Mit Sicherheit von nichts und niemandem gestört zu werden!

Alex wählte ein Ginger Ale.

Vorerst sagte er nichts. Er verließ sich auf Edith. Sie hatte versprochen, dass sie alles erklären wollte, also würde sie es tun. Bis sie in überraschend kurzer Zeit auf 10.000 Meter Höhe waren, sagte keine von ihnen ein Wort.

Sie setzten sich in Ledersitzen einander gegenüber, beide in ähnlich kurzen Röcken, mit ähnlich hohen Pumps. ‚Offenbar gehört sich das so in diesen Kreisen‘, dachte Alex und für einen ganz kurzen Augenblick spürte er den Reiz, *dazuzugehören*. Teil einer Gesellschaft zu sein, in der man *so* – er sah sich aufmerksam um, dann sah er Edith an, ihre elegante Kleidung, ihren sorgfältig ausgewählten Schmuck, ihre gesamte, kultivierte Erscheinung – in der man so reiste, sich so gab.

Die Getränke standen auf kleinen Ablagen. Edith hatte Gin Tonic gewählt. Alex sah sie erwartungsvoll an. Er war gespannt. Vor seinem inneren Auge sah er nicht weniger als sein *gesamtes Leben*. Das würde sich in den nächsten Minuten vollständig verändern. Was immer er entschied – es würde sich auf sein gesamtes Leben auswirken. Denn in das alte Leben, das Leben von Alex, gab es keinen Weg zurück; in das Leben von Marie im Leben von Alex und Eva, das Edith gerade eindrucksvoll skizziert hatte, wollte er nicht zurück, der Geschmack von Sperma in seinem Rachen war selbst mit Ginger Ale kaum nachhaltig zu bekämpfen; und was Edith ihm anbieten würde, wusste er noch nicht; aber es *kam in Frage*. Darüber war er sich schon im Klaren, bevor Edith überhaupt den Mund geöffnet hatte. Es kam in Frage, weil Edith es ihm vorschlug. Sie würde ihn zu nichts zwingen, hatte sie gesagt, und das glaubte er ihr. Es musste also akzeptabel sein. Auch wenn das nur schwer vorstellbar war.

Und dann war es so weit. Edith sah erst ihr Glas an, dann sah sie Alex fest in die Augen.

Sie begann vollkommen unvermittelt zu sprechen und war sofort mitten im Thema.

„Paul hat einen Bruder. Thomas. Er liebt es, wenn man Tom zu ihm sagt. Deshalb tun es alle, denn jedem, den er trifft, sagt er das. ‚Nenn mich Tom', sagt er und strahlt dabei, und wir haben inzwischen den Verdacht, dass er das in irgendeiner amerikanischen Fernsehserie gesehen hat und es genießt, dieses Zitat anzubringen. ‚Nenn mich Tom.' Dabei macht er eine etwas tiefere Stimme, als wenn er eine bestimmte Szene in einem Film nachspielen würde. ‚Nenn mich Tom.'"

Edith musste lächeln und versank für einige Augenblicke in ihren Gedanken, dann war sie wieder ganz da.

„Thomas ist nicht gesund. Er ist, sagen wir: anders. Er ist ein wunderbar liebenswürdiger Mensch – aber, auch eben irgendwie anders. Er hat ein einfaches Gemüt. Er ist naiv, wenn du so willst. Er betrachtet die Welt aus einer anderen Perspektive als wir. Er wurde mit einer heiter gefärbten Brille geboren, durch die die

Welt anders aussieht, als wir sie sehen, und er hat keine Möglichkeit, sie abzusetzen oder auch nur zu merken, dass er sie trägt. Er lächelt immer. Oder sagen wir: fast immer.

Wir tun alles, damit er Grund hat zu lächeln, aber das gelingt natürlich nicht immer. Es gibt Augenblicke, in denen er traurig erscheint. Und immer wenn er mit der wirklichen Welt in Berührung kommt, besteht die Gefahr, dass irgendjemand oder irgendetwas ihn verletzt. Das geht nicht leicht, weil er die Welt mit *seinen* Augen, seiner speziellen Brille sieht, aber die Welt ist hartnäckig und sie schafft es, dass zumindest das Lächeln erfriert. So ist die Welt.

Thomas ist im Grunde ein Kind geblieben, obwohl er inzwischen deutlich über fünfundzwanzig ist. Er *lernt nicht*. Das ist ein Teil seiner Krankheit – und zugleich sein Segen. Er lässt sich von dieser Welt nicht verbiegen, wie wir bei gesunden Menschen sagen würden. Letztlich lebt er in seiner eigenen Welt, die nach seinen eigenen, sehr einfachen Regeln funktioniert. Wir sagen ‚naiv' zu seiner Art, zu leben und zu denken und zu sein, aber du kannst auch sagen, dass er ganz einfach ‚aus einer anderen Welt' stammt.

Er ist nicht der Kleine Prinz, nein, denn dieser war lernfähig. Thomas ist das nicht. Er *ist* ganz einfach, und meistens ist er einfach nur *gut*. Früher hätte man gesagt, dass er einfältig ist, ein ‚Idiot'. Heute nennt man das eine Krankheit mit einem medizinischen Fachbegriff und treibt solche Kinder in den meisten Fällen ab."

Für einen Augenblick hielt Edith inne. Dann sah sie Alex wieder in die geschminkten Augen und fuhr fort: „Thomas ist jetzt etwa so alt wie du und ich. Aber in seinem Inneren ist er, wie gesagt, ein Kind geblieben.

Paul steht auf dem Standpunkt, dass man nicht mit Gewalt versuchen muss, ihn ‚erwachsen' werden zu lassen. ‚Wozu', sagt er, ‚nur damit er in unser Schema passt?' Paul ist da ganz rigoros, musst du wissen, an seinen Bruder lässt er niemanden heran, schon gar nicht, wenn man irgendwelche Maßstäbe an ihn anlegen will. ‚Pflegestufe soundsoviel' – für Paul kam soetwas nie in Frage. Er kümmert sich um ihn, und es gibt dabei keine Standards. Thomas muss in kein Raster passen. Paul hält ihn da raus."

Edith sah Alex intensiv an, beobachtete offensichtlich seine Reaktion. Zugleich schien sie sein Makeup zu mustern. Nach einer kurzen Pause, in der ihr Blick über sein ganzes Gesicht gewandert war, fuhr sie fort: „Thomas ist immer etwas langsamer gewesen als seine Altersgenossen. Natürlich. Das Sprechen lernte er genauso später, wie er das Essen erst lernte, als er schon in die Schule ging – er hat unglaublich lange keine feste Nahrung zu sich genommen, saß immer mit dem Fläschchen am Tisch, während Paul und alle anderen ganz normal mit Messer und Gabel aßen. Mittlerweile beherrscht er beides: wenn es sein muss, isst er so mit Messer und Gabel, dass kaum einer bemerkt, dass er viel lieber an der Flasche nuckelt."

Edith machte wieder eine kurze Pause und lächelte, aber Alex glaubte, in dem schweifenden Blick soetwas wie Trauer, jedenfalls Traurigkeit zu sehen. Und trotzdem fragte er sich plötzlich instinktiv, ob sie ganz ehrlich war. Ein ‚Idiot' – was genau bedeutete das?

„Selbstverständlich ist Thomas in ständiger ärztlicher Behandlung."

Edith machte erneut eine deutliche Pause, in der sie vor sich hin ins Leere sah.

„Und nun weisen seit einiger Zeit die Ärzte mit ermüdender Penetranz darauf hin, dass Thomas" – Pause – „für sein Alter" – erneut machte sie eine Pause, suchte ganz offensichtlich nach der richtigen Formulierung.

„Eigentlich werden Patienten mit dieser Krankheit nicht so alt, verstehst du?"

Nun sah sie ihm wieder aufmerksam in die Augen.

„Niemals. Er müsste eigentlich …" – sie atmete einmal tief durch – „längst tot sein."

Pause. Alex nahm die Trauer in Ediths Stimme wahr.

Er senkte den Blick, nickte. Einmal, zweimal, dreimal. Dann sagte er, leise, denn er spürte, wie sehr Edith das berührte: „Ist er denn … fit?"

Edith schüttelte langsam mit dem Kopf. „Nein." Pause. „Er ist krank."

„Und …"

Wie fragt man soetwas?

„Gibt es eine Prognose?"

Edith sah aus, als würde sie durch Alex hindurch sehen. Nach einiger Zeit flüsterte sie: „Drei Monate. Vielleicht. Vielleicht vier." Pause. „Vielleicht zwei."

Alex sah, wie sie mit den Tränen kämpfte. Er nickte. So stand es also. Vielleicht zwei, vielleicht drei, höchstens vier Monate noch. Das war *sehr* überschaubar. Und Paul und Edith schienen ihren Thomas wirklich zu lieben.

„Weiß er es?"

Edith sah sehr traurig aus. Sie schüttelte ganz leicht mit dem Kopf. „Das übersteigt sein Fassungsvermögen. Zu dem Phänomen ‚Zeit' hatte er niemals ein Verhältnis, weißt du. Du kannst ihm sagen: ‚In drei Monaten …' und es ist für ihn das gleiche, als würdest du sagen ‚morgen' oder ‚in drei Jahren'. Er lebt nur im Augenblick. Alles, was in der Zukunft liegt, ist ‚morgen'. Eine unüberschaubare Zeitspanne."

Alex nickte wieder. Das war nicht *nur* schlimm. Ein Mensch, der ausschließlich im Jetzt lebt, macht sich keine Sorgen um die Zukunft, lässt sich die Gegenwart auf diese Weise nicht verderben. Im Grunde eine Situation, um die er zu beneiden ist. ‚Wir tun immer so', dachte er, ‚als wenn man nur glücklich sein könnte, wenn man geistig und körperlich ganz gesund ist. Dabei ist alles relativ, selbst dieses. Einer, der das Morgen nicht kennt, kann im Heute viel leichter glücklich sein als einer, für den das Morgen Grund zur Sorge ist.'

Alex versuchte, das in Worte zu fassen, die nicht nach einem banalen Tröstungsversuch klangen. Edith sah ihn aufmerksam an, nickte und sagte dann: „Du hast vollkommen recht. Das ist eigentlich auch das Tröstliche: Thomas ist glücklich. Seinem Empfinden nach fehlt ihm nichts – *wirklich* nichts! Verstehst du: für ihn gibt es kein ‚aber', nichts, das seine Überzeugung in Frage stellt. Und Paul und mir ist klar, dass nur *sein* Empfinden zählt. Was zählt es schon, wenn er den Kategorien von Krankenkassen entsprechend als ‚nicht gesund' oder ‚behindert' eingestuft wird. Er hat ein Handicap. Okay. Aber wer hat das nicht. Thomas fühlt sich ganz subjektiv glücklich, und nichts anderes ist in unseren Augen wichtig."

Alex wartete auf eine Einschränkung, auf den Haken an dem Ganzen, auf das ‚Andererseits' oder ein ‚Allerdings'. Er glaubte zu spüren, dass das auf geradezu fühlbare Weise in der Luft hing. Aber es kam nicht. Edith blieb bei dem Bild, das sie ganz offensichtlich vor ihrem inneren Auge hatte, und begann zu lächeln.

„Nun hat Thomas sich allerdings etwas in den Kopf

gesetzt." Sie zögerte für einen Augenblick.

Alex wartete gespannt, wartete vor allem auf das ‚Andererseits', auf den Haken. Und schließlich musste auch irgendwann Marie ins Spiel kommen.

Edith sah ihn wieder aufmerksam an, schien zugleich belustigt und gespannt zu sein. „Er ist zu einer Überzeugung gelangt. Und wenn Thomas in seiner langsamen Art zu einer Überzeugung gelangt ist, dann ist es *sehr* schwer, ihn davon wieder abzubringen. ‚Warum auch?!', sagt Paul immer, ‚warum sollten wir ihm seine Überzeugung ausreden? Das Argument, dass es *schwierig* ist, der Überzeugung oder dem Wunsch nachzugeben, lässt er nicht gelten. Einzig wenn es *vollkommen unmöglich* wäre, würde Paul nach einem Kompromiss suchen."

Alex spürte, wie Edith kurz vor dem ‚springenden Punkt' zögerte. Der innere Kampf war ihr deutlich anzusehen. Ganz offensichtlich wusste sie, dass der entscheidende Augenblick gekommen war. Ihr Blick bekam etwas Forschendes.

„Er ist zu dem Schluss gekommen, dass er heiraten will."

Pause. Alex hörte die Worte ohne Nachhall in der Kabine des Flugzeugs verschwinden. Er wartete, bewegungslos. Als Edith offenbar nicht sofort weitersprechen wollte, begann das Räderwerk in seinem Kopf langsam zu arbeiten. Heiraten? Er hatte schon öfter gehört, dass Menschen, die den Tod vor Augen hatten, noch heirateten. Dafür gab es viele Gründe. Alex nickte.

Edith begann wieder zu reden. „Er weiß nicht, dass seine Zeit zu Ende geht. In seinem Empfinden hält das Leben noch Vieles für ihn bereit. Und eines besteht –

eben – darin, zu heiraten."

Sie machte wieder eine Pause, diesmal nur eine kurze.

„Er hat im Fernsehen Hochzeitsfeiern gesehen – Bräute in weißen Kleidern, mit Schleier, Hochsteckfrisuren, roten Lippen, Blumen im Haar; Männer in schicken Anzügen, mit Zylinder auf dem Kopf und Blumen im Knopfloch; Brautjungfern in wallenden Kleidern, Blumen streuende Kinder, eine weiße Kutsche mit weißen Pferden – eben alles, was zu einer Märchenhochzeit dazu gehört.

Er weiß aber auch, dass das Paar, nachdem es sich goldene Ringe an die Finger gesteckt hat, zusammen gehört, dass es miteinander lebt und dass die Partner alles teilen. Dass sie von nun an *eins* sind – das betont er seit Wochen immer wieder, rezitiert es geradezu wie ein Mantra: ‚Und die beiden sollen *eins* sein …' – wahrscheinlich auch wieder so ein Filmzitat. Aber diesmal geht es weiter als nur bis zu einer Erinnerung an einen Film: das möchte er nun auch!"

Pause. Alex hörte weiter aufmerksam zu. Irgendwann jetzt musste Marie ins Spiel kommen.

Edith atmete einmal tief durch. „Wenn er noch 30 Jahre vor sich hätte, würde Paul wahrscheinlich vorsichtig versuchen, nach einem Ausweg, einer Alternative zu suchen. Oder er würde eine aufwändige Suchaktion starten nach einer Frau … einem Menschen, der bereit wäre, sich darauf einzulassen. Immerhin könnte der auf diesem Weg auch ganz schön Geld verdienen, einmal abgesehen davon, dass Thomas seine Frau mit Sicherheit auf Händen tragen würde."

Alex war die seltsame Wendung aufgefallen, die Edith gerade vollzogen hatte. Suchaktion nach einer

Frau … einem Menschen …

„Warum …"

„Er hat sich sogar schon sehr konkrete Gedanken gemacht, wie seine Frau aussehen soll."

Alex hatte das seltsame Gefühl, als wenn Edith verhindern wollte, dass er seine Zwischenfrage stellte.

Edith nahm einen Schluck aus ihrem Ginger Ale und lächelte wiederum.

„Er sieht für sein Leben gern Filme, das hast du ja schon mitgekriegt. Tatsächlich hat er nicht viel Gesellschaft, lebt auf einem Anwesen in England. Paul will nicht, dass er sich der Welt aussetzt, die ihn nur verletzt – so fürchtet Paul –, da ihm seine Krankheit anzusehen ist. Und so hat er das Anwesen so ausgebaut, dass Thomas dort alles hat, was er zum Leben braucht. Und da er so gern Filme sieht, hat er eine riesige Sammlung davon. Und sogar einen Vorführraum, der wie ein kleines Kino eingerichtet ist. Dort verbringt er viele Stunden, meistens abends, und sieht Filme, oft denselben mehrmals hintereinander, bis er die Dialoge mitsprechen kann, einschließlich der Betonung, der Mimik und der Gestik der Schauspieler." Edith lachte auf.

Wieder sah sie Alex aufmerksam an und das so intensiv, dass Alex sich geradezu ‚gemustert' fühlte – war es so, wenn Frauen sagten, sie fühlten sich durch den Blick eines Mannes ‚ausgezogen'? Es passte nicht zum Gespräch, aber Ediths Blick hatte plötzlich etwas von dieser … Penetranz. Ihr Blick hatte etwas Zudringliches, Penetrierendes.

„Und seine absoluten Lieblingsfilme" – Alex erschrak regelrecht, als Edith ihn plötzlich aus ihrem Bann entließ – „sind die von Audrey Hepburn. Er kann sie alle mitsprechen, jeden einzelnen, von vorne bis zum Abspann; aber trotzdem ist für ihn irgendwie jedes Mal, wenn er einen dieser Filme sieht, wieder das erste Mal. Er liebt diese Filme über alles, und wahrscheinlich vor allem anderen wegen Audrey Hepburn … ihre naive Art – vielleicht erkennt er darin sogar eine gewisse Verwandtschaft, etwas, das ihn mit ihr verbindet. Als würden sie gewissermaßen im selben Boot sitzen, kämen vom gleichen Stern in diese Welt, in der sie beide nicht zu Hause sind. Ich weiß es nicht. Jedenfalls liebt er Audrey Hepburn abgöttisch."

Für einen Moment mied Edith den Blickkontakt mit Alex, rückte in ihrem Sessel vor, goss sich ein zweites Glas ein. Es schien ihr gelegen zu kommen, sich mit Glas und Flasche zu beschäftigen, so dass sie Alex nicht ansehen musste. Doch dann lehnte sie sich zurück und ihr Blick näherte sich wieder dem seinen. Erst strich er über die Pumps, die Alex trug, dann die Beine in den Seidenstrümpfen hinauf, über die Oberschenkel, den Unterleib, die sich deutlich abzeichnenden, perfekt gerundeten Brüste unter dem Stoff des schwarzen Kleids und blieb schließlich auf dem geschminkten Gesicht liegen.

Wie beiläufig setzte sie währenddessen ihre Ausführungen fort: „Und er will, dass seine Verlobte so ist wie sie."

Gespannte Pause. Alex hörte weiterhin aufmerksam zu. Aber im Grunde war sein Verstand inzwischen so weit gekommen, dass er Ediths Worte bereits überholt hatte: Er ahnte, was nun kommen würde.

„Und dass sie vor allem anderen ein Kleines Schwarzes trägt."

Die Teile des Puzzles setzten sich zusammen. Das

Kleine Schwarze. Thomas ... Audrey Hepburn ... *sein* Kleines Schwarzes ...

„Aber ..."

Edith nickte.

„Genau!"

Alex hatte die – gezupften – Augenbrauen hochgezogen und verharrte in dieser Position.

„Wirklich?"

Edith nickte. „Für ihn ist es das Größte! Er hat die Szene in *Frühstück bei Tiffany* gesehen. Audrey Hepburn im Kleinen Schwarzen, mit Hochsteckfrisur und langen, schwarzen Handschuhen, mit viel zu großer Perlenkette und Collier im Haar und langer Zigarettenspitze. Und dieses Lächeln ... die riesige Sonnenbrille. Und das nicht nur einmal: Hunderte Male!"

„Aber ..."

„Sicher, das Kleine Schwarze ist bei ihr eigentlich kein Kleines Schwarzes. Okay. Aber das ist in Thomas' Fall nicht wichtig. Ich bin davon überzeugt, dass wenn du im *kurzen* Kleinen Schwarzen auftauchst und nicht im *langen*, er dir im ersten Augenblick verfallen sein wird. Du wirst *seine* Audrey Hepburn sein, das ist vollkommen sicher!"

Edith setzte sich in ihrem Sitz zurück und nickte.

„Und deswegen ist es auch so wichtig, dass er dich in diesem Kleid sieht, wenn ihr Euch zum ersten Mal begegnet."

Es war deutlich, dass für sie der Fall klar war. Sonnenklar. Alex würde Audrey Hepburn sein.

„Du siehst ihr sogar irgendwie ähnlich, weißt du. Deine dunklen Haare, deine ausdrucksstarken Augen, die wir noch entsprechend schminken können; dein sanftes Lächeln. Lass uns noch die Haare hochstecken, ein paar Sachen am Make-up ändern und es wird perfekt aussehen! Und mit der entsprechenden Sonnenbrille erst recht!"

„Aber ich bin viel größer!"

„Thomas ist auch nicht klein. Ganz im Gegenteil. Er ist sogar noch größer als Paul. Von daher werdet ihr euch, selbst wenn du Highheels trägst, wahrscheinlich geradewegs in die Augen sehen können."

Alex rückte in seinem Sessel hin und her, und das war durchaus ein Ausdruck seiner inneren Befindlichkeit. „Aber warum der ganze Aufwand? Warum gerade ich? Warum werde ich hier eingeflogen? Vermutlich werden sehr viele Anschaffungen notwendig sein, weil ich keine entsprechende Kleidung habe, die *gesamte* Ausstattung fehlt. Warum nehmt Ihr nicht einfach eine Schauspielerin oder, meinetwegen, ein Callgirl. Da gibt es doch sehr schöne, vielleicht sogar im näheren Umfeld, und sie wären auf jeden Fall sehr viel professioneller als ich."

„Das kommt für Paul nicht in Frage. Er möchte nicht riskieren, dass Thomas in dieser Zeit von jemandem verletzt wird, dem es letztlich nur darum geht, möglichst viel Geld zu verdienen."

„Aber das ist durchaus eine gute Motivation."

„Aber die Loyalität ist begrenzt. Und nicht zuletzt machen wir uns damit erpressbar. Wenn dieses Callgirl auf die Idee kommt, dass sie – noch – mehr Geld will, wenn es Thomas schlechter geht, dann hat sie uns vollkommen in der Hand. Sie könnte die Situation eiskalt ausnutzen – immerhin die Situation, in der Pauls Bruder stirbt! Nein, wir brauchen jemanden, den wir überzeugen, aber nicht kaufen, und auf den wir uns verlassen können, selbst wenn es um Geld, um viel Geld geht. Immerhin geht es bei diesem ‚Auftrag' um etwas sehr Intimes. Wir können nicht bei allem dabei sein und es überwachen. Und Paul würde eine solche ‚Professionelle' niemals mit Thomas allein lassen, schon gar nicht, wenn ..." Edith stockte.

„Wenn?" Alex hatte das intensive Gefühl, dass sie nun an dem Haken angekommen waren, auf den er schon lange wartete. Edith suchte sehr sorgfältig nach den Worten.

„Wie ich schon sagte", begann sie wiederum langsam. „Zu heiraten ist etwas sehr Intimes."

Alex nickte. „Ich dachte mir schon, dass es bei dem, was Ihr vorhabt, nicht um einen rechtlich bindenden Akt in einer Kirche geht. Der wird ohnehin nicht in Frage kommen, und das ist wahrscheinlich auch nicht nötig, da es in Thomas' speziellem Fall, wenn ich es richtig sehe, wohl eher um die Erzeugung einer glaubwürdigen Illusion geht. Aber trotzdem: Heiraten, selbst wenn es keine *rechtlichen* Konsequenzen hat, heißt ja nicht nur Hochzeitskleid ..."

„Und verführerische Dessous."

„... Brautjungfern, Kutsche ..."

„Ein Strumpfband."

„... und ein rauschendes Fest mit Musik und Tanz. Da kommen andere Dinge hinterher ..."

Edith nickte.

„Zum Beispiel die Hochzeitsnacht."

Edith blieb stumm.

Alex sah sie aufmerksam an. „Unter bestimmten Bedingungen bin ich durchaus bereit, ein bisschen Händchen zu halten, gemeinsam bei *Tiffany* zu frühstücken und wenn es sein muss auch noch den Brauttanz zu tanzen und mir ein schüchternes Hochzeitsküsschen auf die Wange drücken zu lassen, wenn ich auf diese Weise zum Gelingen der Illusion beitragen kann. Aber auf die Hochzeit folgt unweigerlich die Hochzeitsnacht."

Edith blieb weiter stumm.

„... ich meine ..."

Edith nickte. „Du willst wissen, wie es um sein Sexualleben steht? Ob es eine ‚richtige' Hochzeitsnacht geben wird?"

Alex nickte.

Edith dachte wiederum nach, man spürte ihre Zurückhaltung. „Thomas ist in seiner einfachen Art ein sehr direkter Mensch. Dazu gehören auch seine sexuellen Bedürfnisse. Allerdings weiß er nicht viel darüber. Ich glaube nicht, dass er überhaupt weiß, wofür er den kleinen Zipfel zwischen seinen Beinen noch benutzen kann, außer zum Wasserlassen. Wenn er eine Frage hat, dann stellt er die. Aber speziell zu diesem Themenbereich habe ich ihn noch nie etwas fragen hören. Und wenn er eine Bitte oder einen Wunsch hat, äußert er die. Paul hat mit ihm schon einige Male über all das zu sprechen versucht, aber ich glaube nicht, dass er konkrete Vorstellungen oder irgendwelche praktischen Erfahrungen hat. Thomas besitzt einige Hefte vom *Playboy* und Ähnliches. Aber außer Bemerkungen, die hin und wieder meist gewissermaßen aus dem Off kommen und nicht weiter führen – jedenfalls nicht, so lange ich dabei bin –, habe ich noch nichts an ihm feststellen können. Ich halte ihn, was all das angeht, für völlig unbedarft. Sozusagen ein unbeschriebenes Blatt."

„Kennt er andere Frauen?"

„Intim geworden ist er sicher noch mit keiner."

Alex nickte. Er versuchte, sich all das vorzustellen:

‚Marie' als Braut im wallenden Hochzeitskleid, weiße Dessous, weiße Strümpfe, weiße Hochzeitsschuhe, Strumpfband; die Zeremonie, die Kutsche, das Festessen, eine Rede; den Hochzeitstanz; Tanz mit vielen anderen, die alle mit der Braut tanzen wollten; und dann … es klappte nicht. Er konnte sich Thomas in seiner ‚direkten' Art nicht vorstellen. Vielleicht pubertäre Fummeleien? Streicheln? Was würde sein, wenn er das sehen wollte, was seine falsche Audrey im Höschen hatte? Was bedeutete seine ‚direkte' Art? Griff er vielleicht ganz einfach zu? Fragte er? Ließ er sich abweisen? Verstand und akzeptierte er ein ‚Nein'?

Und wusste er, wofür eine Hochzeitsnacht berühmt war?

Das war in seinen Filmen bestimmt schon irgendwo vorgekommen. Was war, wenn er etwas nachmachen wollte, das er in einem Film oder in einem der *Playboy*-Hefte gesehen hatte? Nackte Haut auf nackter Haut. Die Missionarsstellung. Den Schmetterling. Den glühenden Wacholder. Wenn er den Helden spielen wollte …

Alex schüttelte mit dem Kopf, stand auf, lief in seinen Pumps einige Male hin und her, trommelte mit den langen Fingernägeln gegen das Glas. Dann versuchte er es erneut. „Ist er auch schon einmal allein unterwegs? Ich meine, bewegt er sich auch schon einmal, zum Beispiel, durch eine Stadt, ohne dass jemand von Euch dabei ist?"

„Nein."

Alex stutzte. Die Antwort erschien ihm seltsam kurz. Aber Edith schien nichts weiter dazu sagen zu wollen.

„Es ist also nicht möglich, dass er Erfahrungen gemacht hat, ohne dass Ihr etwas davon mitbekommen habt?"

„Nein." Edith schüttelte energisch mit dem Kopf. „Im Übrigen hätte er darüber mit Sicherheit gesprochen. Er kennt soetwas wie Scham nicht. Das gehört auch zu seiner ,direkten Art'. Er ist auch da ganz offen.

„Aber er weiß, wie eine Frau unten herum", Alex wies auf seinen eigenen Unterleib, „aussieht?"

Nun zögerte Edith. „Das kann ich dir eigentlich nicht mit Sicherheit sagen. Das müssten wir Paul fragen."

„Ich meine nur ..."

„Ich weiß, es stellt sich die Frage, ob er den Unterschied bemerken würde."

„Genau."

Edith nickte wieder. „Ich werde Paul fragen."

„Was ich nicht verstehe: warum gleich heiraten, ich meine, wir könnten, wie gesagt, einfach ein bisschen Händchen halten, gemeinsam frühstücken oder ins Kino gehen. Ich ziehe mir schöne Kleider an, Klackere ordentlich mit den Absätzen durch die Gegend, ich könnte mir auch lange, elegante Handschuhe anziehen, so wie Audrey Hepburn sie trug, und mir die Haare hochstecken, wenn sie denn einmal lang genug sind."

„Das wirst du hoffentlich ohnehin tun. Das wird ihn schon freuen und ihm schon die Zeit davor zu etwas ganz Besonderem machen. Er wird all das mit Sicherheit sehr aufmerksam beobachten und sich über jedes einzelne Detail freuen. Aber vor allem liebt er diese Zeremonie: die Zeremonie der Hochzeit. Mit allem, was dazu gehört, einschließlich der Feier. Und er möchte jemanden haben, mit dem er anschließend zusammen lebt. Er würde sich hingebungsvoll um diese Person kümmern, da bin ich mir ganz sicher. Wenn

Audrey Hepburn hier wäre, er würde sie ganz ohne Zweifel auf Händen tragen." Edith hielt inne, dann fügte sie hinzu: „Er würde *dich* auf Händen tragen."

Alex sah auf seine lackierten Fingernägel hinab. Irgendetwas gefiel ihm nicht an der Sache. Und er hatte auch eine Ahnung, was das war: Unabhängig davon, dass er, statt aus ihr erlöst zu werden, wieder auf längere Zeit an diese Rolle gebunden sein würde, konnte er Thomas' Geisteszustand nicht einschätzen. Er hatte das Bild und den Namen einer Krankheit im Kopf, die er haben konnte, aber einiges passte nicht dazu. Wenn es *diese* Krankheit wäre, müsste er sich eigentlich keine Sorgen machen, aber eben das wusste er nicht.

Er kannte diese Krankheit und Menschen, die sie hatten. Er hatte sie immer als einfach, aber stets gutgelaunt und liebenswürdig erlebt. Es waren Spaßmacher darunter gewesen. Er hatte auch einmal ein Paar erlebt, das jeden Tag zur exakt gleichen Zeit offenbar von der gemeinsamen Arbeitsstelle zum Bahnhof spaziert war, stets Händchenhaltend, immer selig lächelnd, aber ohne jemals etwas zu sagen. Jedenfalls hatte er es nie erlebt, dass sie miteinander gesprochen hatten. Sie hatten sich stets wie unschuldige Kinder geküsst, dies allerdings mit sichtlichem Genuss und sogar mit selig geröteten Wangen.

Vielleicht waren sie sich der Öffentlichkeit bewusst gewesen und hatten sich deshalb zurückgehalten. Wer wusste schon, wie sie sonst … vielleicht fielen sie, wenn sie allein in einem Zimmer waren, wie Tiere hemmungslos übereinander her. Das allerdings konnte Alex sich nicht vorstellen. Sie schienen nicht zu Verstellung in der Lage.

Und dann waren da immer auch jene Fragen auf einer ganz anderen Ebene: War es absehbar, worauf er sich einließ, *wenn* er sich darauf einließ? War es in irgendeiner Weise berechenbar? Er glaubte nicht. Nicht solange er die Krankheit nicht genau kannte.

„Wir würden dich selbstverständlich bezahlen." Edith hatte Alex beobachtet, während er sich über Alles klarzuwerden versucht hatte. „Wir verzichten ja nicht auf das Callgirl, weil wir Geld sparen wollen. Du würdest für jede Woche, die du bei Thomas verbringst, 3.000 Euro bekommen. Und für die Hochzeit 3.000 Euro zusätzlich. Selbstverständlich tragen wir alle Kosten, die während deines Aufenthalts entstehen, selbst wenn ihr zwischendurch luxuriös verreisen wollt. Auch die Flitterwochen gehen selbstverständlich auf unsere Kosten, wie auch immer Ihr sie verbringen wollt."

Alex war geschockt. 3.000 Euro pro Woche – bei drei Monaten machte das 36.000 Euro! Plus der 3.000 Euro für die Hochzeit! Damit würde er tatsächlich einen Neuanfang finanzieren können! Alex hatte den Eindruck, als wenn eine große Tür, die er zuvor nicht einmal gesehen hatte, langsam aufschwang und ihm den Blick in eine Zukunft eröffnete, die keineswegs düster aussah, stattdessen voller Möglichkeiten zu stecken schien.

Edith sah ihn weiterhin aufmerksam an. „Du denkst daran, was du mit dem Geld anfangen könntest? Dass du damit von Eva unabhängig wärest, dir eine eigene Wohnung mieten, deinen Job fortsetzen und auf eigenen Füßen stehen könntest?"

Alex wagte kaum, zu nicken. Noch immer war da ein Restgefühl, das ihn zu Eva hinzog – trotz allem. Und diese unverhoffte Perspektive, die sich da auftat, kam ziemlich plötzlich. Und sie bedeutete ja keine endgültige Trennung. Lediglich die Möglichkeit, in Ruhe nachzudenken.

Edith sah ihm mühelos an, was in ihm vorging. „Denk daran, dass Paul Anwalt ist. Er würde dir helfen. Und ich auch. Wenn du uns jetzt hilfst, stehen wir in deiner Schuld."

Was war das für ein neues Gefühl, das in ihm aufstieg! Er konnte hier etwas tun – er, Alex, allerdings in der Rolle der Marie: im Kleinen Schwarzen. Marie könnte etwas Sinnvolles tun, sie könnte helfen – und sobald alles vorüber wäre, in drei oder vielleicht vier Monaten (51.000 Euro; bei fünf Monaten wären es 63.000 Euro!), hätte er die Mittel, sein Leben ganz neu zu ordnen. Dann würde er neu anfangen können – ob nun mit Eva oder ohne sie.

Alex sah aus dem Fenster des Flugzeugs, sah Wolken wie Wattebäusche unter sich hinwegziehen, sah die Sonne von einem makellos blauen Himmel strahlen. Er würde dafür die Rolle weiterspielen müssen. Er würde zwei, drei, vier weitere Monate Frauenkleider tragen, sich verhalten und bewegen müssen wie eine Frau – allerdings jetzt, ohne dass ihn jemand demütigen oder als Lustobjekt missbrauchen wollte. Jedenfalls soweit er es überblicken konnte.

Langsam wurde ihm bewusst, dass die Situation mit der, die er in den vergangenen Wochen erlebt hatte, nicht zu vergleichen war. Er würde aus – fast – freien Stücken in einer zweifellos angenehmen Umgebung und wahrscheinlich sogar in einem gewissen Luxus als Frau leben und einen Menschen, den seine Freunde sehr liebten, begleiten, während sein Licht langsam verlöschte. Vielleicht würde es auch schnell gehen. In jedem Fall hätte das nichts mit dem zu tun, was er bisher mit dem Tragen von Frauenkleidern für sich selbst assoziiert hatte.

Und noch dazu würde er viel Geld damit verdienen können.

Alex nickte bedächtig. „Okay. Aber bevor ich mich endgültig entscheide, würde ich ihn gern erst einmal kennenlernen. Vielleicht mag er mich ja auch gar nicht." Und er lächelte. „Vielleicht fällt ihm sofort auf, dass ich gar nicht Audrey bin."

Edith strahlte. Sie lehnte sich leicht nach vorn und legte eine Hand auf sein Knie; Alex spürte durch den Nylon die Wärme. Als er hinunter sah, fielen ihm die perfekt manikürten, langen Fingernägel ins Auge, die Ediths Hand zu einer wahren Augenweide machten.

„Ich wusste es! Als ich dich zum ersten Mal gesehen habe, wusste ich, dass du ein guter Mensch bist! Ich freue mich sehr!"

‚Ist man ein guter Mensch‘, dachte Alex, ‚wenn man einen offensichtlich heillos überbezahlten, wenn auch etwas unangenehmen Job annimmt einzig in der Hoffnung auf ein Vermögen?‘ Immernoch geisterte die Zahl von 63.000 durch seinen Kopf.

Edith stand auf, ging zum Kühlschrank und holte eine Flasche Sekt heraus. Sie goss die perlende Flüssigkeit in zwei hohe Sektgläser, gab eines Alex, prostete ihm zu und trank, ganz offensichtlich erleichtert, einen großen Schluck.

„Paul wird sich sehr freuen! Und für Thomas wird es ein wunderbares Erlebnis, glaube mir!"

‚Und für mich?‘, dachte Alex, wiederum ohne etwas zu sagen. ‚Was wird das für mich für ein Erlebnis?‘ Er erinnerte sich daran, dass er den letzten Sekt mit Eva getrunken und dass schon damals die Frage nach einer Heirat im Raum gestanden hatte, bei der *er* die Braut hätte sein sollen. Nur in einem vollkommen anderen Zusammenhang.

Ambleside

Schneller als erwartet, setzte das Flugzeug zur Landung an. Wie Edith erklärte, während Alex, noch immer entgeistert, nur mit halbem Ohr zuhörte, lag der kleine Flugplatz in der Nähe von Ambleside, mitten im Lake District, im Nordwesten Englands. Angenehmes Klima, wunderbare Landschaft. Es gab niemanden, der sich nicht in diese Landschaft verliebte, sagte Edith. Eine grüne Landschaft voller uralter Bäume und uriger Cottages. Und obwohl England allgemein verhältnismäßig dicht besiedelt sei, könne man hier inmitten dieser wunderschönen Landschaft auch ganz für sich sein. Sie, Marie – sie dürfe doch weiterhin ‚Marie‘ zu ihm sagen? –, werde sehen, dass sie dort ganz ungestört in ihrem eigenen, kleinen Reich lebten.

‚Und?‘, dachte Alex wiederum und konnte sich noch immer nicht über seine Gefühle klarwerden. ‚Was wird mir in diesem Reich bevorstehen? Immerhin‘, versuchte er sich zum wiederholten Mal zu beruhigen, ‚sollte Marie als Audrey Hepburn in diesem Reich eigentlich die Prinzessin sein, oder nicht? Hoffentlich wird der Prinz nur nicht zudringlich …‘

Vom Flugzeug sah Alex, dass es viele Berge gab und zwischen ihnen Seen mit kleinen Ortschaften, die aussahen, als lägen sie inmitten von Parks.

Ein uralter *Land Rover*, in Alex' Augen museumsreif, stand am Flugplatz bereit, um sie abzuholen. Der Fahrer erschien ihm so englisch-altmodisch, wie es nur eben ging, mit einer Tweed-Schirmmütze, einer grünen Wachsjacke und beigen Cordhose. Er sprach ein sehr klares, fast hartes Englisch, so dass Alex keine Schwierigkeiten hatte, ihn mit seinen Englisch-Kenntnissen aus der Schule zu verstehen.

Beim Einsteigen in den Wagen musste er einen großen Schritt machen. Das Kleid rutschte wieder einmal hoch. Ob das Audrey auch passiert wäre?

Die Fahrt dauerte etwa eine halbe Stunde, dann erreichten sie Ambleside, fuhren ein Stück an einem romantischen See entlang und nahmen schließlich eine schmale Straße, die einen bergauf führte. Alles war so grün, dass die Straßen wie durch Gräben oder sogar Tunnels führten. Einige Zeit lang kamen sie an einer hohen, mit Efeu bewachsenen Mauer vorüber, die die Straße unter großen, ausladenden Bäumen säumte. Mitten in einer engen Kurve bog der Fahrer in ein großes Tor in dieser Mauer ein, das offenstand und das Alex erst im letzten Augenblick gesehen hatte. Im Vorbeifahren sah er, dass ein kleines Häuschen hinter dem Tor stand und kurz hörte er einen Hund anschlagen, in dessen Gebell ein zweiter einfiel.

Der Weg führte, wie es sich gehörte, über einen sanft geschwungenen, sehr sauberen Schotterweg. Die Räder des fast in Schrittgeschwindigkeit dahinrollenden *Land Rover* knirschten wie in einem alten Film. Ringsum standen riesige, offenbar uralte Bäume. Das einzige, was fehlte, so ging es Alex durch den Kopf, war ein Hirsch, der irgendwo zwischen den Bäumen stünde. Dann wäre die Idylle perfekt gewesen.

Der Weg schien sich endlos durch den Wald zu schlängeln. Dann endlich erschien, wie es hier offenbar nicht anders sein konnte, ein richtiges, kleines Schloss. Es hatte so viele Giebel, Türmchen, Erker, Balkone, Galerien, vorspringende und zurückweichende Gebäudeteile und war so unregelmäßig gebaut, dass Alex durch den eingeschränkten Blick aus dem Auto sofort den Überblick verloren hatte. Aber es gab immerhin einen repräsentativen, von zwei schmalen Türmen flankierten Haupteingang, vor dem der Wagen nun hielt.

Sie stiegen aus. Alex zupfte wieder einmal am Kleid herum, zog es hinunter und kontrollierte schnell, ob alles richtig saß und nichts sichtbar war, was nicht sichtbar sein sollte. Er spürte, wie aufgeregt er war.

„Da seid Ihr ja!", hörte er im nächsten Augenblick Paul rufen und als er aufsah, stand der auch schon fast vor ihm. Paul reichte ihm die Hand und machte eine ganz leichte, elegante Verneigung.

„Herzlich willkommen, Marie! Ich freue mich, dass Ihr da seid!"

Damit begrüßte er auch Edith, während offenbar ein Bediensteter aus dem Haus trat und sich wortlos um das Gepäck kümmerte.

Paul nahm Edith und Alex – Marie – an den Armen und schlenderte mit ihnen, ganz in Gutsherrn-Manier, auf den Eingang zu.

Die Türöffnung schien in ein dunkles Loch hinein zu führen. In der Ferne, auf der anderen Seite des Gebäudes, wurde ein Fenster sichtbar, dessen Licht aber nicht ausreichte, um den Raum zu erhellen, der umso dunkler wirkte, als es draußen noch hell war. Sie gingen zwei Stufen hinauf und dann hörte Alex wieder das Klackern der Absätze auf dem Steinfußboden. Dieses Geräusch irritierte ihn noch immer – und zugleich fand er selbst es zunehmend aufreizend. Er konnte trotz allem, was er schon erlebt hatte, noch immer nicht glauben, dass er selbst es war, der dieses Geräusch verursachte. Andererseits hatte er sich so sehr an diese Schuhe gewöhnt, dass er inzwischen ganz frei in ihnen laufen konnte – und wenn er sich selbst gegenüber ganz ehrlich war, dann genoss er nicht nur das Geräusch, sondern auch das Gefühl, das ihm die hohen Absätze gaben, das Gefühl von Eleganz, Stil – und nicht zuletzt von einer Form von Erotik, die ihn ganz anders berührte als alles, was er bisher erlebt hatte. Seit er nicht mehr in die Rolle des Sexspielzeugs gezwungen war, hatte er unterschwellig begonnen, dieses Gefühl zu mögen.

In diesem Augenblick allerdings wurde seine ganze Aufmerksamkeit in Anspruch genommen von dem, was es zu sehen gab: Als sie durch das schwere Holzportal traten, befanden sie sich in einer Halle mit einem gotischen Gewölbe, auf dessen linker Seite in einem riesigen Kamin ein Feuer prasselte. Der Duft des brennenden Holzes erfüllte die Halle gemeinsam mit dem Duft der Blumen, die in einem großen Strauß auf einem wuchtigen Holztisch standen.

„Anne hat einen kleinen Imbiss bereitgestellt", sagte Paul, als sie in der Halle angekommen waren. „Falls Ihr Hunger habt."

Evelyn war sichtlich erfreut. „Ich habe seit heute früh nichts Ordentliches mehr gegessen!" Und sie strebte einem der Zimmer entgegen, dessen Tür weit offen stand.

Offensichtlich handelte es sich um das Esszimmer, denn in seiner Mitte stand ein langer Tisch, an dem insgesamt acht Stühle mit hohen Rückenlehnen standen. Auch hier standen Blumen in einer üppigen Vase auf dem Tisch, daneben waren hohe, silberne Kerzenleuchter in einer langen Reihe aufgestellt. Es war für vier Personen gedeckt.

„Thomas wird gleich dazu kommen", sagte Paul, während er Alex einen Stuhl zurechtrückte und er darauf Platz nahm. „Er wollte sich nur noch umziehen."

„Umziehen?"

„Thomas legt sehr viel Wert auf Formen, auf Etikette, und zwar auf die ‚gute alte'. Für ihn ist es selbstverständlich, sich zum Essen ‚umzukleiden'." Paul lächelte. „Und wundere dich nicht, wenn er von seinem Stuhl aufspringt, falls du während des Essen einmal aufstehen müsstest – das ist auch soetwas; das tut er aus reiner Höflichkeit. Aber mit Begeisterung!"

In diesem Augenblick ging an der Stirnseite des Tischs lautlos eine Tür auf und herein kam ein Herr im eleganten Smoking. Seine Gesichtszüge waren sichtbar, wenn auch nicht übertrieben durch die typischen Anzeichen seiner Krankheit geprägt: die Augen standen weiter auseinander als gewöhnlich, schienen aber wie zum Lächeln gemacht zu sein. Er hatte eine kurze, breite Nase und einen Mund, der offenbar immer offen stand. Die Wangen zeigten eine gewisse Tendenz zum Pausbackigen. In diesem Augenblick waren sie lebhaft rot gefärbt.

Der Smoking allerdings, den er trug, war perfekt: vielleicht maßgeschneidert, in jedem Fall blitzsauber einschließlich der dazugehörigen Lackschuhe. Sogar eine Fliege trug Thomas über der makellosen Hemdbrust.

Paul ging ihm entgegen, nahm ihn bei der Hand und führte ihn zu Alex.

„Thomas", sagte er mit Blick auf Alex in dem Kleinen Schwarzen, das perfekt zum Smoking passte, „hier darf ich dir Marie vorstellen. Marie, dies ist mein Bruder Thomas."

„Nenn mich Tom", kam es augenblicklich von Thomas, nicht ganz deutlich aber doch gut verständlich. Und dann strahlte Thomas, so wie Alex noch keinen Menschen hatte strahlen sehen. Ein so reines, ehrliches, glückliches Strahlen lässt sich nicht nachmachen, wollte es Alex scheinen, als hätte er Zweifel daran, ob Thomas' Krankheit echt war oder nicht. ‚Drei Monate', war das nächste, das ihm durch den Kopf schoss, ‚vielleicht vier – kann das sein?'

Thomas hielt ihm inzwischen die Hand hin. Alex beeilte sich, sie zu ergreifen. „Wie schön, dich kennenzulernen", sagte er währenddessen, leicht stotternd.

Aber Thomas war nicht eloquenter. Er strahlte und nickte immer wieder mit dem Kopf. Dann verneigte er sich elegant, noch immer mit Alex' Hand in der seinen und für einen Augenblick fürchtete Alex, Thomas wolle ihm einen Handkuss geben. Glücklicherweise blieb es bei der leichten Verbeugung.

„Genug der Turtelei", schaltete sich nun Evelyn ein, „ich hab' Hunger! Lasst uns essen!"

Daraufhin nahmen alle am Tisch Platz.

Thomas wies Alex mit der Hand formvollendet einen Platz zu, und rückte den entsprechenden Stuhl erst zurück und ihr anschließend sanft an ihre Knie, so dass sich Alex nur niederzulassen brauchte, ganz wie eine vornehme Dame. Dann setzte er sich selbst ihm gegenüber.

Sobald er saß, erstarrte er geradezu und versank in der Betrachtung ‚Maries'. Ganz offensichtlich konnte er sich an ihr nicht sattsehen. Während des Essens aß er kaum etwas, sondern sah sie fast ununterbrochen an, und wenn sich ihre Blicke begegneten, strahlte er über das ganze Gesicht. Aber er sorgte zugleich dafür, dass es Marie an nichts mangelte. Freundlich, aber entschieden machte er die am Tisch bedienenden Dienstboten darauf aufmerksam, wenn auf ihrem Teller oder in ihrem Glas etwas zur Neige zu gehen drohte. Die Schalen und Vorlegeteller um Alex herum waren immer gut gefüllt und das Glas wurde tatsächlich niemals leer.

Am Gespräch beteiligte sich Thomas nur wenig, und wenn, dann nur mit einzelnen, etwas hervorgestoßenen Worten. Außer ‚Nenn mich Tom' schien er keinen zusammenhängenden Satz sprechen zu können, jedenfalls nicht mit allen notwendigen, grammatikalischen Elementen. Er hatte ganz offensichtlich eine Art Geheimsprache in bestimmten Kürzeln entwickelt, die Paul und Edith mühelos zu verstehen schienen. Alex wurde aus den Lauten nicht immer schlau, aber das musste er auch nicht, das Gespräch lief vor allem zwischen Paul, Evelyn und ihm, und Thomas machte nur hin und wieder eine Bemerkung, die allerdings zeigte, dass er dem Gespräch folgte.

Das Essen ging zu Ende, anschließend wechselten sie in das, was bei anderen Leuten ein Wohnzimmer gewesen wäre. Hier war es eher eine Halle mit hoher Holzdecke und einem riesigen, begehbaren Kamin, der ganz offensichtlich jahrhundertealt war und in dem man bequem Spanferkel hätte grillen können. Er war mit Reliefs geschmückt, die Alex *sehr* alt vorkamen.

Auch hier ruhten die Blicke des Bräutigams *in spe* fast ununterbrochen auf der auserwählten ‚Braut', bis Paul seinen Bruder in ein Gespräch zog, das dessen ganze Aufmerksamkeit in Anspruch nahm. Nun konnte Alex ihn besser beobachten.

Seine Bewegungen waren erwartungsgemäß ein wenig linkisch, manchmal abrupt oder sogar etwas unko-ordiniert. Andererseits konnte er, wenn er eine Bewe-gung bewusst vollzog, ausgesprochen elegant wirken, geradezu malerisch. ‚Vielleicht hat er sie sich aus ir-gendwelchen Filmen abgeschaut‘, dachte Alex, ‚das würde zu der eigenartigen Theatralität dieser Gesten passen.‘

Als es schließlich Abend wurde war es soweit, dass Alex sein Zimmer gezeigt bekam. Es war mehr ein Appartement: Salon, Schlafzimmer, Ankleidezimmer, ein Bad von einer Größe, wie es Alex noch nie gesehen hatte. Jedes einzelne Zimmer war von einer speziellen Farbe oder Farbkombination geprägt: der Salon rot-golden, das Schlafzimmer in zart-rosa, das Ankleide-zimmer in dunkelrotem Samt und das Bad in Weiß und Gold. Alles war alt und entsprechend altertümlich, so wie es sich für ein echtes, englisches Castle gehörte, dazu aber in gutem Zustand und offensichtlich funkti-onstüchtig bis zum hochmodernen Telefon, das auf dem Nachttisch stand. Zugleich war das ganze Ensem-ble unübersehbar weiblich geprägt: zierliche Möbel, weiche Teppiche, zarte Stoffe, kostbare Vasen mit duf-tenden Blumen, im Schlafzimmer stand ein Himmel-bett in zartrosa und ein dazu passender Schminktisch mit kunstvoll verzierten Utensilien, für die Alex zum Teil nicht einmal die Verwendung kannte.

Was ihn am meisten verblüffte, war die Tatsache, dass das Ankleidezimmer keineswegs leer war und darauf wartete, dass die neue Bewohnerin ihre Kleider hinein hängen würde. Die Garderobenschränke waren vielmehr bis zum Bersten voll mit Kleidungsstücken, die Alex zum großen Teil für Kostüme hielt. Auch die

Schubladen waren angefüllt mit Wäsche und auch diese unterschied sich zum großen Teil deutlich von dem, was Marie normalerweise trug. Im Augenblick hatte Alex nicht die Zeit, sie im Einzelnen anzusehen, aber unter dem, was er bei flüchtiger Durchsicht erkennen konnte, befanden sich mehrere, ziemlich eindrucksvolle, stabile Korsetts, ein ganzer Stapel von altertümlichen Unterkleidern mit zum Teil offenbar sehr weiten Ärmeln, Haufen von langen Strümpfen in unterschiedlichen Farben, voluminöse Unterhosen – wenn sie das waren – mit Rüschenbesatz und Hauben: Alex hielt sie für Nachthauben, aber vielleicht hatten Frauen soetwas auch einmal während des Tags getragen.. Erst als Alex in die hinterste Ecke des Ankleidezimmers vorgedrungen war und dort von einer Kommode die Schubladen öffnete, fand er auch leere Fächer und solche, die mit ‚normaler' Unterwäsche angefüllt waren, vielmehr: mit Dessous in ausgesucht edlen Materialien und praktisch ausnahmslos mit *sehr viel* Spitze!

Alex pfiff ganz undamenhaft durch die Zähne. ‚Wo bin ich hier hingeraten?', flüsterte er überrascht, ‚was genau soll das hier sein?' Trotzdem aber ließ er seine Finger durch die Berge von Stoffen gleiten und fühlte die hauchzarten Materialien der verführerischen Wäschestücke, die alle seltsamerweise ziemlich neu aussahen, zumindest ganz offensichtlich noch vollkommen ungetragen waren. Aus dem Mittelalter oder dem Barock stammten sie jedenfalls nicht. Und Überbleibsel vergangener Prinzessinnengenerationen waren sie auch nicht. Alex spürte, wie ihm das Atmen schwerer zu fallen begann. Etwas drückte ihm die Kehle zusammen …

In diesem Augenblick klopfte es an der Tür. Alex beeilte sich, aus dem Ankleidezimmer herauszukommen und rief „Herein" – anschließend räusperte er sich: ihm war tatsächlich die Stimme weggeblieben.

In der Tür stand eine bereits reife Frau, Typ Gouvernante in dem dazu passenden, hochgeschlossenen Kleid, das eher ins viktorianische Zeitalter zu passen schien als ins 21. Jahrhundert.

„Die Herren lassen bitten!" sagte sie in einem derart unpersönlichen Ton, dass Alex augenblicklich an eine Maschine denken musste. Jedenfalls blieb ihm die Frage nach ihrem Namen im Hals stecken.

Zum ersten Mal, seit er das Schloss betreten hatte, sogar das erste Mal, seit er am Morgen das Haus verlassen hatte, fühlte Alex sich unhöflich behandelt. Es waren nicht die Worte – es war der Ton. Er war nicht etwa laut oder gar schneidend, aber er duldete auch keinen Widerspruch. Und warum nur ‚die Herren' – wo war Evelyn?

Nichtsdestotrotz sagte Alex „Einen Augenblick!", warf einen kurzen Blick in den Spiegel des Schminktischs, zupfte ein wenig an den Haaren herum und sprang sogleich wieder auf, um der ‚Gouvernante', wie er sie bei sich nannte, auf den Fersen zu folgen – denn sie hatte keineswegs gewartet, sondern war bereits in Richtung Treppe, über die es zurück ins Erdgeschoss ging, vorausgegangen.

Und dann geschah etwas Seltsames: Als Alex unten ankam und nach einem Hinweis der ‚Gouvernante' das große Wohnzimmer betrat, zeigte sich Paul überrascht, dass sie schon herunterkam! Thomas, der noch immer seinen Smoking trug und neben Paul am Kamin gestanden hatte, lächelte, wie praktisch immer, aber Alex wurde es sofort klar, dass jedenfalls Paul *nicht* hatte bitten lassen. Konnte es Thomas gewesen sein? Aber dessen Miene war für Alex noch immer undurchdringlich. Er wusste nicht, was hinter der nicht unansehnlichen Stirn des Kranken vor sich ging. Aber irgendjemand *musste* der ,Gouvernante' die Anweisung gegeben haben, Marie bitten zu lassen! Von allein hätte sie das vermutlich nicht getan. Oder doch?

Wer führte hier in Wirklichkeit das Zepter? Wer lenkte das Leben in diesem Märchenschloss? Und wohin?

Die erste Nacht

Die erste Nacht im Schloss war wild.

Es war vielleicht der Alkohol, den Alex nach dem Abendessen im großen Kaminzimmer getrunken hatte – schottischer Whisky, Single Malt, 12 Jahre alt, in Sherryfässern gereift. Alex wusste die Einzelheiten später nicht mehr, und seiner Erinnerung nach hatte er auch nicht über die Maßen viel getrunken, nicht zuletzt da der Lippenstiftrand an den Whiskygläsern ihn gestört hatte, den er unweigerlich hinterließ.

Alles war sehr stilvoll gewesen: das prasselnde Kaminfeuer, die schweren Ledersessel auf den dicken, orientalischen Teppichen, die in lockerer Ordnung um das Feuer herum standen, die goldbraune Flüssigkeit in den schottischen Kristallgläsern; die vielen Bücher ringsum, viele mit goldenen Verzierungen auf ihren Lederrücken, die große Standuhr, die mit erhabener Schwerfälligkeit so langsam im Sekundentakt hin und her schwang, dass man, wenn man nicht das Pendel beobachtete, nach jedem Ticken den Eindruck hatte, nun sei die Uhr stehengeblieben.

Alex hatten die Füße geschmerzt, deshalb hatte er meist in einem der Sessel gesessen und sich von Paul in die Feinheiten des Whisky-Genusses einführen lassen – ohne allzu viel zu trinken, wohlgemerkt, er hatte nur hier und da am Glas genippt, es an diesem oder einem anderen Glas versucht; meist hatte er den feinen Duft geschnuppert und versucht, den Ausführungen Pauls zu folgen, der sogar den Geruch des Whiskys mit fantasievollen, sinnlichen Worten zu beschreiben wusste.

Er hatte verstanden, was Paul sagte, und sich vorstellen können, was er meinte, aber wirklich nachvollziehen hatte er es dennoch nicht in jedem Fall gekonnt. Er war eigentlich kein Whiskytrinker. Alex trank lieber Bier, gelegentlich Wein.

Irgendwann war er so müde gewesen, dass ihm die Augen zugefallen waren. Es war ausgerechnet Thomas gewesen, der das bemerkt und sofort dafür gesorgt hatte, dass er auf das Zimmer entlassen worden war, das von nun an für unvorstellbar lange, drei Monate das seine sein sollte. Hier hatte Alex seinen kleinen Koffer ausgepackt, sein, vielmehr Maries Waschzeug genommen, sich im Bad abgeschminkt und notdürftig gewaschen und war dann in das rosarote, hohe Himmelbett gestiegen, das geheimnisvollerweise aufgedeckt gewesen war – Alex hatte an diesem Tag nicht viel gelächelt, aber nun musste er grinsen, als er sich die Frage stellte, ob im Bett wohl auch eine Bettwärmpfanne stand, die wohlige Wärme zwischen den Laken erzeugte; das wäre gewissermaßen der Gipfel gewesen, die Erfüllung eines Prinzessinnentraums.

Er war unter die dicke Daunendecke geschlüpft, hatte es sich gemütlich und alles dafür bereit gemacht, gleich einzuschlafen – und hatte dann doch noch eine gefühlte Ewigkeit wachgelegen. Der Tag hatte wirklich alles in ihm und um ihn herum durcheinander gebracht. War es wirklich erst heute Morgen gewesen, dass er mit Eva dagesessen und von ihr die Sache mit der Bank, mit Paul und seiner Forderung gehört hatte? Hatte er sich erst heute von Eva verabschiedet und Pauls und Evelyns Haus betreten? Dann Flughafen, der Flug, das Gespräch mit Evelyn. Und hatte er nun eigentlich schon eine Entscheidung gefällt, ob er hierblieb und drei Monate lang als Frau an der Seite dieses Thomas lebte, oder nicht? Er hatte sich Bedenkzeit ausgebeten, aber war das auch akzeptiert worden? Konnte er wirklich jetzt noch „nein" sagen, wenn er zu diesem Entschluss käme? Würde er von hier aus wieder nach Hause gebracht werden, wenn er das wollte? Immerhin war er gerade dabei, sich darauf festzulegen, einige Monate in Kleidern, Seidenstrümpfen und Highheels zu verbringen, möglicherweise sogar als frischgebackene Ehefrau eines Mannes, der zwar offensichtlich schwerreich, aber dennoch todkrank sein sollte, ohne dass man ihm diese Krankheit allerdings ansah; eine leichte Behinderung, ja, aber dass er nur noch wenige Monate zu leben hatte, das hätte wohl niemand geahnt, wenn er es nicht von Paul und Evelyn gehört hätte.

Andererseits war er auch dabei – und er spürte, wie ihn diese Aussicht immer mehr reizte –, so viel Geld zu verdienen, dass er endlich frei war, nach Hause und, was unendlich viel wichtiger war, zu einem selbstbestimmten Leben, zu *seinem* Leben zurückzukehren – von dem er kaum mehr wusste, wie das eigentlich aussehen würde nach all den Demütigungen und Nötigungen, die er in den vergangenen Tagen – waren es wirklich nur Tage? – erfahren hatte. Dass es tatsächlich geschehen könnte, dass er wieder in verwaschenen Jeans, lässigem T-Shirt – ohne Busen und BH! – und bequemen Turnschuhen bei seinen Freunden auftauchte, Bier trank und Football spielte, war im Augenblick für ihn nur sehr schwer vorstellbar. Wer dieser ‚Alex' eigentlich war, hätte er in diesem Moment nicht einmal mit Sicherheit sagen können. Jeder sprach ihn nur noch mit ‚Marie' an und selbst jetzt, da er im Bett lag und von niemandem beobachtet wurde, trug er ein spitzenbesetztes Höschen und ein ebensolches Nachthemd, war am ganzen Körper sauber rasiert, hatte sich wie selbstverständlich abgeschminkt und eingecremt und fand das fast schon normal. Wenn es nur eine Rolle gewesen wäre, die er nach außen hin spielte, um Evelyn und Paul einen Gefallen zu tun und nebenbei noch sehr viel Geld zu verdienen, hätte er, wie jeder Schauspieler, das Kostüm nach der Vorstellung doch ausziehen können. Dieses Appartement könnte gewissermaßen seine Garderobe sein, in der er sein Kostüm anzog und sich für seine Rolle schminkte, aber in der er sich eben auch in den Alex zurückverwandelte, der *keine* Frauenkleider trug, selbst wenn die Fingernägel der Bequemlichkeit halber lackiert blieben. Auf diesen Gedanken war er jedoch bis zu diesem Zeitpunkt gar nicht gekommen. Die ‚Rolle', die er spielen sollte, endete für ihn nicht an der Tür. Und schließlich hatte er auch gar keine Kleidung mehr, um sich wieder in ‚Alex' zurück zu verwandeln.

Apropos: Wo war dieses ‚zu Hause' eigentlich, zu dem er zurückkehren wollte? Was war denn *sein* Leben? Er wollte … wollte er wieder zurück zu Eva und in die Abhängigkeit von einer unberechenbaren Frau, die er so gar nicht kannte? die ihm seit kurzer Zeit fremd und beängstigend war, die ihn benutzte, um ihre eigenen, ihm bisher geheim gebliebenen sexuellen Phantasien auszuleben?

War eigentlich diese Sache mit dem verpassten Codewort, mit dem er alles hätte beenden können, wirklich ernstzunehmen? Hatte Eva ihn da nicht angelogen?

Langsam waren die Bewusstseinslücken zahlreicher und länger geworden. Erst hatte er nur noch in halben

Sätzen gedacht, dann wusste er nicht, ob nicht bereits große Pausen zwischen den einzelnen Sätzen waren, in denen er schon geschlafen hatte. Und schließlich schlief er dann doch, selbst wenn er es geleugnet hätte, wenn ihn in dieser Phase jemand wieder geweckt hätte.

Aber es war von Anfang an kein ruhiger, erholsamer Schlaf. Die ganze Unruhe und Ungewissheit seiner Situation zeigte sich in seinem Schlaf nur noch eindeutiger.

Zunächst fiel er, noch halbwach, ins Bodenlose. Er hatte ein Gefühl, als würde sich der Boden unter seinen Füßen auflösen. Aber er fiel nicht wirklich tief, nicht schnell und immer schneller. Stattdessen wurde ihm lediglich der Halt genommen und er begann zu schweben. Ganz langsam wurde ihm schwindelig. Das war kein genussvolles, schwereloses Schweben, er hatte trotz der fehlenden Geschwindigkeit das Gefühl, zu fallen. Tiefer und immer tiefer. Und irgendwo, das wusste er genau, würde er aufschlagen und unweigerlich zerschellen müssen. Panik breitete sich in ihm aus, er suchte nach etwas, das er greifen, an dem er sich festhalten könnte – aber da war nichts. Einfach *nichts*. Er war nicht mehr in einem Raum, es gab kein Oben und kein Unten mehr, stattdessen nur dieses Gefühl des Schwindels, das sich immer mehr in ihm ausbreitete und das es ihm unmöglich machte zu sagen, wo oben und wo unten sein könnte. Er wollte sich ausrichten, das unangenehme Kreisen stoppen, stattdessen aber nahm es nur immer mehr zu.

Dann hörte er aus weiter Ferne Stimmen – Lachen, Johlen, Schreien, Grölen. Männer- und Frauenstimmen. Irgendwann erkannte er die Stimme von Beate und von dem Hünen und es war klar, sie waren wieder da, und sie wollten ihr Vergnügen, ganz wie damals, hinter dem Bierzelt. Sie mussten auch hier herumschweben und sie kamen unverkennbar näher, immer näher. Schon spürte er eine Hand auf sich, dann noch eine. Eine griff ihm direkt ins Gesicht, eine andere an die Brust und wieder eine legte sich in seinen Schritt, wo plötzlich kein Höschen und keine Strumpfhose mehr war, sondern nur noch nackte Haut und Finger, die sich hineinzubohren versuchten, und es ging, trotz der rasenden Kreisbewegung, in der sich alles befand. Die Finger – oder was auch immer es war – drangen immer wieder in ihn ein, selbst an seinem Mund versuchten sie es. Aber Alex hielt ihn krampfhaft geschlossen.

Die Hand tastete weiter, dann kehrte sie zurück. Schließlich ergriff sie seinen Schwanz, und sie hielt fest, und plötzlich wuchs dieser und wurde größer und größer, bis sich noch eine zweite Hand darum herum legen konnte. Und sie begannen zu melken, dass Alex aufschrie wegen des Drucks und weil er fürchtete, dass sie ihn abbrechen würden.

Auf einmal war er nicht mehr nackt. Stattdessen trug er Strapse und Stümpfe und Overkneestiefel, alles in Schwarz, ein *sehr* kurzes Röckchen, das praktisch nur aus einem Streifen durchsichtiger Rüschen oder Spitzen bestand, und eine ebensolche Korsage. Sein Busen war so groß, dass er oben aus der Korsage herausquoll, und seine Lippen waren so prall und leuchtend rot, dass sie von einer Möse nicht zu unterscheiden waren. Und sie wurden entsprechend genutzt, sie und das hintere Loch – und plötzlich war auch vorne ein Loch, und jedes war gefüllt mit einem prallen ... und der Rhythmus war atemberaubend, er spürte ihn durch den ganzen Körper beben und als sie sich entluden, entlud sich auch er und er schrie wollüstig und konnte nicht genug bekommen von dem geilen Saft der Jungs, die ihn benutzten und in ihm abspritzten, und von den anderen, die drumherum standen und auf seine, nein: ihre Haare, in ihr Gesicht und auf ihre Brüste spritzten, johlend und grölend. Einer entlud seine volle Ladung in den einen ihrer Stiefel, andere folgten seinem Beispiel, und die Stiefel füllten sich mit dem Saft und als die wirbelnde Bewegung sie auf den Kopf stellte, floss alles wieder heraus und es nahm kein Ende, sie wurde überflutet von der warmen Sahne, die ihr über den ganzen Körper rann, und sie stöhnte selbst am wildesten und entlud sich schon wieder, diesmal direkt in das Gesicht Evas, die vor ihr gestanden und sie mit großen, erstaunten Augen angesehen hatte. „Siehst du", schrie sie ihr ins Gesicht, „das hast du nun davon", und ihr Erguss ging weiter und weiter, bis Eva verschwand und auch die Jungs plötzlich nicht mehr da waren und Alex wieder in seinem Bett lag und die Decken um ihn herum waren feucht er wollte hier nicht mehr liegen.

In diesem Augenblick öffnete sich lautlos eine Tür in seinem Schlafzimmer, die bisher verschlossen gewesen war. Thomas kam herein, noch immer in seinem makellosen Smoking. Aber sein Gesichtsausdruck hatte sich verändert. Er sah nun nicht mehr aus wie ein Kranker. Seine Pausbacken waren verschwunden, sein Mund stand nicht mehr offen und die Augen lächelten nicht, sondern sahen sie selbstbewusst an.

Thomas trat an das Bett heran, legte, ohne den Blick von Alex' Gesicht abzuwenden, seine Hand auf die feuchten Laken und führte sie anschließend an seine Nase. Er roch daran. Er lächelte, seine Augen wurden um eine Spur kleiner. Dann hielt er sie vor Alex' Gesicht und sagte klar und deutlich, wenn auch sehr leise: „Leck es ab!"

Alex versuchte, der Hand auszuweichen, aber Thomas näherte sie weiter seinem Gesicht, bis sie es berührte. Er fühlte, dass sie feucht war und roch den inzwischen wohlbekannten Geruch, aber er versuchte sich noch immer zu wehren. Da hörte er Thomas noch leiser, aber umso bedrohlicher sagen: „Leck – es – ab!", wobei er jedes einzelne Wort betonte. Es klang eher wie ein Zischen als wie echte Worte.

Alex versuchte weiter, zurückzuweichen. Aber Thomas hatte ihn in eine Ecke des Betts getrieben. Als er seine Hand noch stärker auf sein Gesicht zu pressen begann, gab er schließlich nach, öffnete den Mund und streckte vorsichtig die Zunge heraus. Mit der Spitze begann er, Thomas' Handfläche abzulecken.

In diesem Augenblick spürte er Thomas' andere Hand. Sie legte sich auf das Nachthemd und drückte sich mitsamt dem Stoff in seinen Schritt, umfasste, noch immer mitsamt dem Stoff, den eigenartigerweise harten Schaft und begann mit vorsichtigen Melkbewegungen.

Alex wand sich. Aber dem entschiedenen Zugriff entkam er nicht. Nun griff Thomas' zweite, vom Speichel noch feuchte Hand nach seinen Eiern und knetete auch sie. Wenn möglich wurde der Schaft noch härter. Und er wuchs sogar noch.

Alex konnte es nicht glauben. War er noch in seinem Traum? Wäre sein Schwanz in dieser Situation wirklich noch gewachsen, hätte das zweifellos geheißen, dass er *mochte*, was hier geschah, dass es ihn *erregte*. Das aber konnte auf keinen Fall sein! Er wurde soeben von Thomas vergewaltigt, der nicht behindert und nicht krank war und ihn schon wieder zum Sexspielzeug machte. Thomas, der seine Behinderung offensichtlich nur vortäuschte, ließ gerade seine sadistische Ader an ihm aus, und noch dazu war er hier mehr oder minder sein Gefangener. Das *konnte* ihm nicht gefallen! Das *musste* ein schlechter Traum sein! Ein Alptraum!

In der Zwischenzeit fuhr Thomas in seinen Bewegungen fort, die nur *ein* Ziel haben konnten. Aber wie sollte das geschehen? Alex sah an sich hinab und nahm irritiert wahr, dass sein Schwanz, den Thomas, umhüllt vom Stoff seines Nachthemds, in der Hand hielt, immer härter wurde, vielleicht sogar noch größer, dass er sogar zu zucken und zu pochen begann. Mühsam versuchte er, die Entwicklung aufzuhalten, sich dem Zugriff durch die pumpende und reibende Hand zu entziehen oder doch wenigstens das Pochen zu unterdrücken.

Aber Thomas wusste offenbar genau, was er tat. Kurz bevor das Pochen zur Entladung führen konnte, versuchte Alex noch einmal, seinen Körper dem Zugriff von Thomas' Händen zu entziehen und griff zugleich danach, um sie von seinem Schwanz herunterzuziehen. Da drehte Thomas Alex mit einer Leichtigkeit, die er nicht erwartet hatte, in seinen Armen um, so dass er nun mit dem Rücken an ihn gepresst wurde und zugleich seine Arme von Thomas' Armen an seinem Körper fixiert wurden. Sobald er ihn wieder fest im Griff hatte, fuhr Thomas mit seiner Bewegung fort und rieb den Stoff des Nachthemds über Alex' noch immer harten, steil abstehenden Schwanz und dies in *genau* der *richtigen* Geschwindigkeit. Nach nur wenigen Bewegungen entlud sich Alex erneut, und dies wiederum in einer Stärke und Ausdauer, für die Alex sich nicht fähig gehalten hätte. Noch niemals hatte er einen solchen Orgasmus erlebt, der seinen ganzen Unterleib bis in den Oberkörper und in die Beine hinein zucken ließ und gar nicht enden wollte. Er spritzte und spritzte und schrie, bis er heiser war und sich so schwach fühlte, dass seine Beine ihn, wenn er hätte stehen müssen, nicht mehr getragen hätten. Doch Thomas hielt ihn und ließ ihn wenig später langsam auf den dicken Teppich vor dem Bett hinab sinken.

Nachdem Thomas ihn abgelegt, einige Zeit vor ihm stehengeblieben war und Alex aufmerksam betrachtet hatte, bückte er sich zu ihm hinab, hielt ihm wiederum seine Hand entgegen und sagte erneut „Leck es ab!"

Diesmal war Alex zu erschöpft, um Widerstand zu leisten, und wohl auch zu verwirrt, denn er verstand nicht, worin Thomas' Vergnügen bestanden hatte und was er eigentlich vorhatte. Er wollte nur, dass er ging. Also leckte er die Hand wieder ab, bis Thomas sie zurückzog.

Plötzlich trat Thomas einige Schritte zurück und blieb dann stehen.

„Komm!", sagte er kurz und wiederum klar artikulierend, gar nicht so, wie Alex ihn erlebt hatte, als er noch die Maske der Behinderung trug.

Marie zögerte. Seine Stimme hatte zunächst nicht bedrohlich geklungen, aber jetzt wurde sie es, als Thomas, diesmal schärfer, wiederholte:

„Komm!"

Dabei wies er mit dem Finger vor sich auf den Boden, wie wenn man einem Hund befiehlt, sich zu Füßen des Herrchens hinzusetzen. Er hätte auch „mach Sitz!" sagen können oder „bei Fuß!" Es hätte ganz genau so geklungen.

Aber Alex zögerte noch immer. Thomas war ihm unheimlich. Angst erwachte in ihm. Wenn Thomas in Wirklichkeit nicht krank war, dann war er in jedem Fall bösartig. Dann nutzte er bereits seit Jahrzehnten die Sorge seiner ihn liebenden Verwandten aus, um sein ganz persönliches Doppelleben zu leben. Und offensichtlich wollte er keinen Augenblick warten, seine Perversionen an ihm auszuleben. Es war die erste Nacht im Schloss, sie waren nicht einmal allein im Haus – aber wer würde ihm, Alex, schließlich glauben, wenn er behauptete, dass Thomas ganz gesund war und in keiner Weise behindert und wahrscheinlich auch nicht in drei Monaten sterben würde!

Seine Geste aber war so bestimmend, dass Alex sich mühsam erhob, wobei er es möglichst vermied die klatschnassen Teile seines Nachthemds zu berühren. Thomas sagte „brav!", als wenn er Alex von nun an wirklich wie einen Hund behandeln wollte, und begleitete selbst sein „Komm mit!" mit der entsprechenden Geste eines Hundeführers. Er drehte sich um und ging in Richtung des Ankleidezimmers voraus.

Dabei kamen sie an der Tür des Appartements vorbei. In einer plötzlichen Aufwallung von Widerstand rannte Alex auf die Tür zu, ergriff die Klinke und wollte sie aufreißen. Doch sie war verschlossen. Thomas hatte nicht einmal einen Schritt getan, um Alex zu folgen. Er hatte ihm nur traurig zugesehen. Nun aber ging er auf Alex zu, griff mit einem schnellen, sicheren Griff erneut nach seinem Schwanz, drehte sich dann um und zog Alex daran weiter in Richtung des Ankleidezimmers.

Verwandlung

Als Thomas die Tür zum Ankleidezimmer öffnete und sie eintraten, sah es dort vollkommen anders aus, als noch vor einigen Stunden.

An den leuchtend roten Wänden, an denen schwarze Leuchter mit schwarzen Kerzen hingen, standen nun lauter schwarze Schränke und Kommoden. Mitten im Raum standen ein schwarzes Andreaskreuz und eine Liege, die offenbar wie eine Streckbank verwendet werden konnte. Das Ankleidezimmer hatte sich auf geheimnisvolle Weise in ein Studio verwandelt. Alex fragte sich, wie Thomas das so schnell hinbekommen hatte, aber ihm blieb keine Zeit, das Geheimnis zu lüften. Thomas führte ihn ohne Zögern zu dem Andreaskreuz und noch ehe Alex es richtig mitbekam, hatte er ihn auch schon an den Hand- und Fußgelenken festgeschnallt.

Dann nahm Thomas auf einem großen Stuhl mit mächtigen Armlehnen Platz, während sich im Hintergrund leise eine Tür öffnete, die Alex bisher noch nicht wahrgenommen hatte, und ein zwergenhaftes Wesen hervorgesprungen kam, das sich so flink bewegte wie ein Wiesel. Thomas sprach mit ihm in einer Sprache, die Alex nicht verstand, aber es war eindeutig, dass es um ihn ging, denn beide schauten ihn immer wieder an. Schließlich nickte das Wesen und Thomas lehnte sich zurück und begann, genüsslich eine lange Zigarre zu rauchen.

Das Wesen sprang auf Alex zu und um ihn herum, und innerhalb von Sekunden fielen das

Nachthemd und auch das Höschen von ihm ab, als wenn das Wesen sie zerschnitten hätte.

Für einige Augenblicke bückte sich das Wesen vor Alex, so dass sich sein Mund in der Höhe von Alex' noch immer stehendem Schwanz befand. Das Wesen öffnete seinen Mund und nahm ihn ganz langsam auf. Seine Lippen schoben sich immer weiter an ihm entlang, bis der Schwanz vollständig in seinem Mund verschwunden war und die Nase kraftvoll gegen Alex' Schambein drückte. Für einen Augenblick öffnete es seinen Mund so weit, dass es auch die Eier mit aufnehmen konnte, und als diese ganz aufgenommen waren und das Wesen einmal tief durchgeatmet hatte – biss es zu.

Alex schrie auf und sah wie durch einen Nebel, wie der Zwerg sich mit blutverschmiertem Gesicht von ihm entfernte. Er schien abwechselnd zu würgen und zu schlucken, zu würgen, zu kauen und zu schlucken, und als er schließlich nach gefühlter Ewigkeit, in der Alex ununterbrochen geschrien hatte, weit den Mund öffnete, war dieser bis auf einen Schwall dunkelroten Blutes leer!

Alex schrie noch immer, so lange, bis er keine Luft mehr hatte. Schließlich ging sein Schreien in ein Wimmern über und endlich weinte er hemmungslos. Er versuchte, auf seinen Schritt zu sehen, der fürchterlich schmerzte, doch seine Fixierung an dem Kreuz ließ dies nicht zu.

Da stand Thomas von seinem großen Stuhl auf und kam auf ihn zu. Er blieb neben ihm stehen und begann, ihm über sein Haar zu streicheln. Dazu flüsterte er:

„Gut, mein Schatz, gut. Wein' nur! Wir wollen

doch, dass du eine *richtige* Frau wirst, und dabei störte dieses unschöne Accessoire, nicht wahr? Das wirst du verstehen. Ich meine, du tauchst hier auf und willst meine Frau werden, willst hier kräftig absahnen, und in Wirklichkeit bist du nicht einmal eine Frau. Sicher hast du gedacht, dass es nicht schwer sei, den armen, kleinen, unerfahrenen Thomas zu täuschen; aber dann wirst du auch einsehen, dass es so das beste ist, oder nicht? Dass wir das Spiel schon *richtig* spielen sollten, mit *allem*, was dazugehört."

Alex weinte noch immer, aber gleichzeitig schüttelte er mit dem Kopf und wimmerte immer wieder „nein, nein!" hervor.

„Nicht?", fragte Thomas mit echter Überraschung in der Stimme, und für einen Augenblick hielt er in seinem Streicheln inne. Dann bewegte er wieder zärtlich seine Hand über Alex', vielmehr: Maries Haar. „Doch", sagte er dazu, „du wirst es schon noch einsehen. Es ist so das Beste, glaub mir. So bist du schon *fast* eine richtige Frau. Noch ein paar kleinere Korrekturen", dabei griff er mit beiden Händen an Maries falsche Brüste, „und du bist perfekt." Damit riss er mit einem kräftigen Ruck die angeklebten Brüste von Alex' Oberkörper. „Das hier brauchen wir nun auch nicht mehr", sagte er dann, und plötzlich spürte Alex, wie sein Kopf von einem Riemen nach hinten gezogen und so fixiert wurde, dass er ihn nicht mehr bewegen konnte. Er stöhnte erneut auf, doch das nutzte Thomas aus, um schnell einen Schlauch in den offenen Mund zu stecken und ihn immer tiefer in seinen Mund und Rachen hinein zu schieben, so dass Alex nicht dazu kam, ihn wieder auszuspucken. Unmittelbar nachdem der Schlauch sein Zäpfchen passiert hatte, begann auch schon eine Flüssigkeit hindurch zu rinnen. Sie war warm und wirkte im Rachen ein bisschen scharf, aber ansonsten bekam er von ihr nichts mit, außer der Panik, die ihn ergriff. Denn *er konnte absolut nichts tun!*

„Keine Sorge", hörte er Thomas mit freundlicher Stimme sagen, „das habe ich selbst zusammengebraut. Habe lange dafür gebraucht, doch nun ist sie perfekt. Wir brauchen auf diese Weise keine monatelange Hormontherapie zu machen, deine Verwandlung beginnt sozusagen *sofort*. Spürst du es schon?"

Alex traute seinen Ohren nicht.

„Du glaubst mir nicht? Dann pass mal auf!"

Thomas stand nun vor Alex und seine rechte Hand verschwand nach unten aus seinem Blickfeld. Kurz darauf spürte er dort, wo einmal sein Schwanz gesessen hatte und wo es ihm eigentlich noch immer wehtun müsste, einen Finger, der offenbar sein Schamhaar kraulte. Und dann …

… schob sich ganz langsam …

Alex erstarrte vor Grauen und vor Scham.

… etwas in ihn hinein!

Nicht hinten, sondern sehr viel weiter vorne! An genau jener Stelle, wo bei einer Frau …

Alex konnte es nicht glauben. Dabei floss noch immer die geheimnisvolle Flüssigkeit in ihn hinein, die langsam eine etwas breiige Konsistenz anzunehmen schien. Er hatte weder die Zeit, sich auf das eine, noch auf das andere zu konzentrieren.

„Und dann …" Wieder zog Thomas die Aufmerksamkeit auf sich. „Achtung!"

Ohne seine rechte Hand aus Maries Schambereich wegzunehmen, begann die linke, um Alex' Brustwarzen zu streifen. Alex zuckte beim ersten Kontakt zusammen, dann spürte er, wie ein Schauer seinen ganzen Körper durchfuhr, und schließlich bemerkte er, dass Thomas' Finger nicht über seine Brustmuskeln oder gar Rippen fuhren, sondern dass sich zwischen den Knochen und den Fingern offensichtlich soetwas wie eine Fettschicht befand. Eine Fettschicht wie … das konnten nur …

„Und sieh mal hier!"

Während die rechte dort blieb, wo sie war und sanft weiter kreiste, griff die linke Hand in Alex' Haar und hielt es ihm vor Augen: Es war deutlich gewachsen! So sehr, dass es wie eine Mähne in Thomas' Hand wirkte. Und *dieses* Haar war nicht künstlich, keine künstliche Haarverlängerung, *das* war zweifellos echt!

Da trat Thomas ein paar Schritte zurück und musterte Alex aus dieser Entfernung aufmerksam von oben bis unten. Dann nickte er.

„Du kannst es natürlich noch nicht sehen, aber an allen relevanten Stellen veränderst du dich gerade." Eine Handbewegung in Richtung des Zwergs ließ die Flüssigkeit, die durch den Schlauch geströmt war, versiegen. „Ich kann natürlich später noch ein wenig gezielt nachhelfen; mehr Busen oder eine schmalere Taille, ausladendere Hüften – aber es macht natürlich viel mehr Spaß, diese Feinheiten durch körperformende Kleidung zu erzielen, nicht wahr?"

„Dabei fällt mir ein", setzte er fort, als wenn er nicht wirklich eine Antwort von Marie erwartet hätte, „dass wir uns ein wenig beeilen müssen, schließlich soll die Verwandlung bis morgen früh, bis wir dich den anderen präsentieren werden, abgeschlossen sein.

Damit nickte er dem Zwerg zu, der sich aus dem Zimmer entfernte.

„Wirst du mir folgen oder hast du vor, dich zu wehren?", fragte er plötzlich und sah Alex scharf in die Augen. „Du wirst ein paar Schritte gehen müssen, von hier in ein anderes Zimmer."

Alex war so verwirrt, dass er Thomas nur verständnislos anstieren konnte.

„Was machst du, wenn ich dich von Quasimodo losmachen lasse, hm?"

Alex konnte nichts sagen. Er schüttelte nur mit dem Kopf.

„Du wirst keinen Widerstand leisten?"

Alex hielt in der Bewegung seines Kopfs inne. Hatte es Zweck, Widerstand zu leisten? Konnte er auf diese Weise irgendetwas verhindern? Aber er war nicht in der Lage, diese Fragen in seinem Kopf auch nur bis zu Ende zu formulieren.

„Doch?"

Alex hätte den Kopf sinken lassen, wenn er nicht fixiert gewesen wäre. Er deutete ein Kopfschütteln an.

„Nicht? Das ist gut! Das ist sehr klug von dir. Schließlich wollen wir doch alles richtig machen, nicht wahr?"

Damit lösten sich wie durch Zauber die Fesseln des Andreaskreuzes und der Kopf war plötzlich wieder frei. Beinahe wäre Alex nach vorne gefallen.

„Vorsicht!" Thomas sprang herbei und stützte

Alex. Als beide eine gewisse Standfestigkeit erlangt hatten, drehte er ihn um und führte ihn zu einer weiteren, schwarzen Tür, die Alex bisher noch nicht wahrgenommen hatte. Sie betraten eine Art Badezimmer oder Waschraum. In der Mitte stand ein offenbar gemauerter Tisch, in den eine flache Wanne mit Abfluss eingelassen war.

„Bitte leg dich dort hinein. Wir wollen dich gern ein bisschen säubern."

Es war Alex ein Rätsel, wie er es schaffte, aber schließlich lag er in dieser Wanne, die nicht besonders tief war, in die er aber vollständig hinein passte, ohne dass die Füße angehoben worden wären. Einzig der Kopf lag deutlich erhöht, sein Hals ruhte in einer Ausbuchtung, die genau die richtige Größe hatte.

In diesem Augenblick spürte er, dass er sich nicht mehr bewegen konnte. Irgendetwas hielt ihn fest.

„Hab keine Angst", hörte er wiederum Thomas, „das wird dir gefallen!"

An den Wänden der Wanne rann eine schwarze, dickflüssige, warme Masse herab. Sie erfüllte schnell die ganze Wanne, bis der gesamte Körper durch sie verdeckt war wie durch ein Moorbad.

Thomas schien seine Gedanken zu erraten. „Ja, das ist wie ein Moorbad. Es wird dir guttun. Du wirst dich danach viel besser fühlen. Und die Veränderungen an deinem Körper werden dadurch nur unterstützt. Entspann dich!"

Plötzlich fühlte Alex, wie sich etwas in seinem Schritt zu schaffen machte. Es übte Druck an jener Stelle zwischen seinen Beinen aus, an der … Panik ergriff ihn, selbst wenn er seltsamerweise keinen übermäßigen Schmerz mehr spürte. Es fühlte sich so an, als wollte etwas in ihn eindringen an jener Stelle, an der Thomas vorhin bereits seinen Finger hineingesteckt hatte. Aber dieses Etwas war deutlich größer als ein Finger und es drückte und begann schließlich sogar, sanft zu stoßen, dann drückte es wieder, dann stieß es. Alex' fühlte, wie Erregung seinen ganzen Körper ergriff. Das war nicht nur Panik und Angst, das war auch ... ein Schauer durchlief ihn, gleich gefolgt von einem zweiten. Sein Unterleib begann zu zucken, was angesichts der Fixierung eigentlich nicht möglich gewesen sein dürfte, aber er zuckte unverkennbar. Alex begann zu stöhnen und wie wild zu hecheln. Was geschah da? Er wollte diesen Druck loswerden, diese Bedrängnis, aber zugleich tat sie irgendwie auch gut. Sie erregte ihn immer mehr. Sein Schwanz wäre zweifellos hart geworden, wenn ...

Der Druck wurde stärker. Der oder das, was dort stieß und drückte, konnte offenbar nicht wissen, dass ... da war kein Loch! Er war keine Frau, selbst wenn ihm dort nun etwas fehlte! Aber es gab dort keinen Raum, in den das Etwas hätte eindringen können! Es begann wehzutun. Aber der Druck ließ nicht nach, im Gegenteil, er wurde permanent immer größer, als wollte sich das Etwas trotz allem gewaltsam Einlass verschaffen.

Alex begann wieder zu weinen, wurde lauter, begann zu bitten, zu flehen. Thomas stand neben ihm und streichelte über die langen Haare, die als wilde Mähne um seinen Kopf herum lagen. Er redete auf ihn ein, offenbar in dem Bestreben, ihn zu beruhigen. Aber Alex verstand ihn nicht. Er war zu sehr auf den wachsenden Schmerz konzentriert. Und er verstand nicht, was da vor sich ging und warum Thomas nicht einschritt und dem Ganzen ein Ende machte. Er musste doch wissen … Da war kein Platz! Da konnte nichts eindringen! Er wollte es hinausschreien, aber er konnte nicht, ihm fehlte der Atem. Er wollte sich bewegen, sich wegdrehen von diesem Eindringling, und spürte verwirrt, dass er einem Orgasmus immer näher kam. Er spürte ihn in sich aufsteigen, und nicht allein im Schritt, sondern in seinem ganzen Körper, von den Kniekehlen bis in den Hals. Und wieder setzte er an zu einem Schrei –

In diesem Augenblick gab etwas in ihm nach. Es fühlte sich an, als würde etwas zerreißen. Mit großer Kraft stieß das Ding in ihn vor, und Alex meinte, dass es am Bauchnabel wieder herauskommen müsse, so tief drang es ein.

Und dann schrie er tatsächlich, aber in diesem Schrei lag nicht allein der Schmerz, der Schreck und die Panik dieses unheimlichen Augenblicks, sondern auch eine Lust, die er so noch niemals empfunden hatte. Der Orgasmus war völlig anders als alles, was er bisher erlebt hatte. Er entlud sich nicht nur zwischen seinen Beinen und war auch nicht nach wenigen Augenblicken wieder vorbei. Er entlud sich nicht nach *außen*. Stattdessen durchströmte er den ganzen Körper, ließ ihn sich immer wieder verkrampfen, ließ ihn zucken, ohne dass Alex dem hätte Einhalt gebieten oder es in irgendeiner Weise hätte steuern können. Es zuckte und zuckte in ihm und von jedem Zucken ging ein Schauer aus, der sich vom Zentrum seines Körpers bis in die äußersten Kapillaren fortsetzte, immer und immer wieder!

... das geht in Erfüllung

Lange lag er still. Die Augen hielt er geschlossen. Je länger er lag, umso deutlicher spürte er wieder das Grauen und die Panik, die ihn vor dem seltsamen Orgasmus erfasst hatte. Wie ein Kind hoffte er darauf, dass die Wirklichkeit nicht die Wirklichkeit wäre, so lange er die Augen nur geschlossen hielte.

Er hörte Thomas nicht. Ob ein Geräusch daher rührte, dass Thomas sich auf seinem Stuhl niederließ, wusste er nicht. Auch den Zwerg hörte er nicht. Es war vollkommen still. Irgendwann hatte er selbst aufgehört, sich bewegen zu wollen, und war ganz still liegengeblieben. So lag er nun in der seltsamen Wanne und bemerkte nicht, wie die schwarze Flüssigkeit langsam abfloss. Der Spiegel sank, die Flüssigkeit im Abfluss verschwand – bis auf die, die an seinem Körper haften blieb. Eine hauchfeine Schicht, eine zweite Haut, die den ganzen Körper einfasste wie ein extrem dünner Neopren-Anzug, nur sehr viel enger an der Haut anliegend.

Was ihn zuerst stutzig machte, war das seltsame Gefühl im Schritt, das er wahrnahm, als er aus den Tiefen seines Orgasmus' wieder an die Oberfläche der Wirklichkeit zurückkehrte. Er hatte damit gerechnet, dass sich das Etwas, das sich so rücksichtslos in ihn vorgekämpft hatte, nach dem Orgasmus wieder zurückziehen würde, hatte unterschwellig sogar darauf gewartet, dass der Druck nachließe und er davon befreit würde. Dies war jedoch nicht der Fall. Das Gefühl des Ausgefülltseins blieb.

Dann spürte er, dass sich seine Haut anders anfühlte. Langsam wurde ihm klar, dass die Haut nicht mehr nackt, dass sie vielmehr bedeckt war von irgendetwas, als wenn er ein Kleidungsstück trüge. Je genauer er dieses Gefühl zu ergründen suchte, desto mehr fiel ihm auf, dass es am Hals eine deutliche Grenze war: die Haut des Kopfs war frei, vom Hals an war sie es nicht.

Und ähnlich empfand er es an den Zehen: Sie steckten in irgendetwas drin, er konnte sie nicht mehr frei und einzeln bewegen, er trug etwas – Socken oder Strümpfe oder eine Strumpfhose oder gar einen ganzen Anzug.

Schließlich konnte er sich nicht mehr zurückhalten und öffnete die Augen. Er konnte den Kopf frei bewegen und sogar anheben, ebenso wie seine Hände und Arme. Er hob den rechten Arm und hielt ihn sich vor die Augen – schwarz! Er machte es ebenso mit dem anderen Arm und fand ihn ebenso schwarz! Er hob den Kopf und sah an seinem Körper hinab: Der ganze Körper war von dieser glänzendschwarzen Schicht umgeben, die sich zwar mitbewegte, wie er an den Fingern ausprobierte, die er einzeln bewegte, aber doch deutlich spürbar war. Sie lag hauteng an, als wäre sie auf seine Haut aufgeklebt.

Alex versuchte, sich aufzusetzen. Thomas sprang von seinem Stuhl im Hintergrund des Raums auf und kam ihm zu Hilfe. Er stützte ihn an der Schulter, so dass Alex sich aufsetzen konnte. Sein Blick fiel in seinen Schritt – und augenblicklich sank er wieder zurück. Sein Kopf wäre unsanft in der Wanne aufgeschlagen, wenn Thomas ihn nicht aufgefangen hätte.

„Vorsichtig", sagte er sanft und half ihm, sich wieder aufzusetzen. Erneut schaute Alex in seinen Schritt, diesmal langsam und vorsichtig.

Alles war von dieser schwarzen Schicht überzogen, die glänzte wie Gummi: Oberschenkel, Leiste, Unterbauch. Doch *in* seiner Leiste … Dass sein Schwanz nicht mehr da war, darauf hätte er eigentlich vorbereitet sein können. Aber nicht auf das, was er nun sah: Dort, wo einmal sein Schwanz gesessen hatte, war nun ein deutlich erkennbares, deutlich offen stehendes … Loch! Er konnte es erkennen, obwohl alles tiefschwarz war, weil die ‚Lippen' des Lochs glänzend-blutrot angemalt waren! Was er dort sah, war nicht etwa nur eine Muschi, er sah vielmehr eine *weit offen stehende* Muschi, die permanent darauf zu warten schien, mit irgendetwas gestopft zu werden! Und noch dazu leuchtend rot wie die Lippen einer Hure.

Thomas stützte ihn, sonst wäre er wieder umgesunken. Als Thomas merkte, dass Alex allein sitzen konnte, ließ er ihn los und trat an das untere Ende der Wanne, so dass er Alex direkt zwischen die Beine blicken konnte.

Alex konnte es nicht fassen. Ungläubig führte er seinen Zeigefinger in die Richtung dieser Muschi. Er wollte es mit seinem Finger fühlen, sonst konnte er es nicht glauben, dieses … Loch.

Da beugte sich Thomas plötzlich nach vorne und hielt Alex' Hand fest. Er hielt ihn davon ab, die Lippen und das Loch zu berühren.

„Nicht!", sagte er eindringlich, „es muss noch aushärten."

„Aushärten?" Alex sah Thomas verständnislos an. „Wie meinst du das?"

„Es ist sozusagen noch nicht ganz trocken. Du könntest es beschädigen, wenn du es jetzt berühren würdest."

„Was meinst du mit ‚es'?"

„Na, diese Hülle, das Kondom, nenn es, wie du willst."

„Kondom?"

Thomas nickte und besah die rote Muschi liebevoll. „Du hast jetzt ein festinstalliertes Kondom. Übrigens nicht nur hier."

Alex konnte ihm noch immer nicht folgen. Er schüttelte verwirrt mit dem Kopf.

Thomas lächelte. „Das Material hat das Potential, sich auszuweiten, wenn es entsprechend beansprucht wird."

Nun setzte er sich wieder auf seinen Stuhl. Offenbar ging er davon aus, dass das Material nun genügend ausgehärtet war.

„Hast du denn noch nie eine Sex-Gummipuppe gesehen, meine unschuldige Marie? Warte!"

Er ging an eine Kommode, holte etwas heraus, was offenbar ebenso schwarz war wie das Material, das Alex an seinem Körper hatte. Plötzlich stand der Zwerg neben ihm.

„Schließ bitte die Augen!"

Alex war so perplex, dass er tat, worum Thomas ihn bat. Er spürte, wie ihm blitzschnell etwas über den Kopf gezogen wurde. Der Zwerg half offenbar, machte einige Handgriffe und Alex fühlte, wie sich etwas über den gesamten Kopf einschließlich des Gesichts und des Halses legte. Die langen Haare wurden zurückgezogen, am Hinterkopf gebündelt – und dann konnte er sie nicht mehr spüren.

Er öffnete die Augen. Der Zwerg hielt ihm einen Spiegel vor das Gesicht: Er sah das unwirkliche Puppengesicht einer schwarzen Gummipuppe mit Lippen, die exakt so rot waren wie die Lippen der ‚Muschi' zwischen seinen Beinen.

„Einen Augenblick noch", hörte er Thomas wiederum, „schließ bitte noch einmal die Augen."

Automatisch folgte Alex der Aufforderung. Im nächsten Moment spürte er, wie etwas auf die Lippen traf und leichten Druck darauf ausübte. Er wollte sich dagegen wehren, aber Thomas sagte: „öffne bitte mal etwas den Mund!", und als Alex auch dies tat, drang plötzlich und sehr schnell etwas in seinen Mund ein, das, wie er sofort erkannte, sehr dem ähnelte, was kurz zuvor in die ‚Muschi' eingedrungen war. Und wie dort, so blieb es auch in seinem Mund.

Ängstlich und ärgerlich über seine eigene Dummheit riss er die Augen auf. Thomas stand vor ihm und betrachtete ihn begeistert. „Perfekt!" stieß er hervor, und machte mit den Händen eine Bewegung, wie sie ein Künstler machte, der sich über sein eigenes Kunstwerk begeisterte. Aber Alex hatte nicht das Gefühl, dass er mit ihm – oder mit Marie – sprach. „Das ist ..." Nun sah er Alex doch wieder in die Augen und sprach ihn unmittelbar an. „Du bist jetzt eine lebende Gummipuppe! Deine Haare haben wir hinten durch ein Loch nach außen geführt und zu einem niedlichen Pferdeschwanz gebunden. Deine ‚Haut' werden wir noch ein bisschen polieren, dann bekommst du ein paar passende Dessous – in unschuldigem Weiß, sündhaftem Rot oder verführerischem Champagner, ganz wie es dem Anlass entspricht – und schon stehen deine drei Löcher bereit! Wobei ich mir nicht sicher bin, ob ich so lange warten kann ... Hochzeitsnacht hin oder her ..."

Da fiel sein Blick auf den Zwerg. „Los, Quasimodo!" herrschte er ihn an, „probier' sie aus!"

Der Zwerg zögerte keine Sekunde. Thomas hatte noch nicht das letzte Wort gesagt, da lag seine unförmige Hose bereits irgendwo in einer dunklen Ecke des Zimmers und stattdessen sah Alex voller Entsetzen an ihm einen Prügel von einer Größe steil nach oben stehen, wie er es für eine so kleine Person niemals für möglich gehalten hätte.

Als Quasimodo nun zielstrebig auf ihn zu stapfte, versuchte er wieder, zu fliehen, aber er konnte den seltsamen Wannentisch nicht verlassen, stattdessen fand er sich plötzlich wieder liegend und fixiert vor – weder Arme noch Beine noch seinen Kopf konnte er bewegen. Er lag da in seiner glänzenden Gummihaut und mindestens zwei grellrote Muschis öffneten sich dem Zwerg, als würden sie nach ihm rufen. Alex zappelte, schrie aus Leibeskräften, auch wenn er mit dem ‚Kondom' im Mund keine artikulierten Laute mehr hervorbringen konnte. Unter der Gummihülle lief er mit Sicherheit bereits krebsrot an – aber da sah er den Zwerg, wie er den Tisch erklomm und nun über ihm stand, den überdimensionierten Prügel in seiner Hand, und aus der dunkelroten, prallen Eichel tropfte schon das milchig weiße Ejakulat, als hätte er einen ununterbrochenen Orgasmus.

Angst überfiel Alex und überwältigender Ekel.

Diese Missgeburt würde ihn zerreißen, und auf keinen Fall wollte er, dass sie diese schmierige Absonderung seiner perversen Geilheit in ihn hineinpumpte!

Er zerrte an den unsichtbaren Fesseln, doch der Zwerg kniete sich ungerührt hin, während sein schleimiger Saft bereits den Schambereich Maries benässte, setzte die voluminöse Eichel an die rotgeschminkten Schamlippen der Sexgummipuppe, die einmal Alex gewesen war, nahm gewissermaßen für einen Augenblick Anlauf und rammte dann seinen Prügel mit aller Kraft in die einladende Möse hinein, wieder und wieder, langsam schneller werden, aber immer bis zum Anschlag, so dass Alex wieder und wieder das Gefühl hatte, von ihm aufgespießt zu werden, vielmehr: gepfählt; von ganz unten bis in seinen Hals hinein. Wieder und wieder, bis Alex nicht mehr konnte und meinte, mitten entzwei gerissen zu werden, so dass der Prügel oben wieder heraus käme …

und …

… erwachte.

Es war dunkel im Zimmer. Vollkommene Stille herrschte, jedenfalls in dem Maß, wie es in einem so alten Gemäuer möglich war. Hier und da schien eine Maus oder ein Marder durch's Gebälk zu huschen, ansonsten war es still. Alex lag in dem rosaroten Himmelbett, bekleidet mit Maries spitzenbesetztem Nachthemd, das feucht war, weil Alex schwitzte. Blitzartig fuhr er mit seiner Hand in seinen Schoß – es war alles da, wo es sein sollte! Auch der falsche

Busen war noch immer da und die Haare waren nicht länger, als sie gestern Abend schon gewesen waren.

Eine Mischung aus Unglauben und grenzenloser Erleichterung machte sich in ihm breit.

Alex sah vorsichtig im Zimmer umher. Dann schob er sich langsam an den Rand des voluminösen Betts und stand auf. Ohne sich Schuhe anzuziehen, suchte er nach etwas Schwerem, nahm schließlich einen Kerzenständer aus Metall von einem der Tische und näherte sich leise dem Ankleidezimmer. Er öffnete die Tür und schaute vorsichtig hinein – alles war so, wie er es bei seiner Anreise vorgefunden hatte. Er betätigte den Lichtschalter, ging in das Zimmer hinein, suchte nach der Tür an der Rückwand des Zimmers und fand sie nicht. Hier stand nur der Schrank mit den Dessous, den er schon am Nachmittag gesehen hatte, und der Schrank mit den leeren Schubladen, die noch gefüllt werden sollten.

Es war nur ein Tram gewesen! Er hatte nur geträumt. Nur geträumt! Es war alles gut!

Aber so schnell konnte er sich nicht beruhigen. Alles war viel zu echt gewesen, viel zu logisch … was nicht stimmte, wie ihm plötzlich klar wurde. Das Ankleidezimmer – ein Studio? Er suchte noch einmal nach Anzeichen für eine Tür zu dem dahinterliegenden Raum mit der flachen Wanne. Aber er fand nichts. Keine Tür.

Die Tür in seinem Schlafzimmer allerdings, durch die der nicht behinderte Thomas zu Beginn hereingekommen war, war tatsächlich da – und sie war verschlossen! Es gab ein Schloss, aber keinen Schlüssel. Das Schlüsselloch war dunkel.

Bis es hell wurde, konnte Alex nicht mehr schlafen. Er traute sich zwar nicht, das Bett zu verlassen und beispielsweise sein Appartement weiter zu erkunden, aber er bekam dennoch kein Auge mehr zu. Er wartete darauf, dass das Leben im Haus wieder erwachte. Auch wenn er nicht wusste, was er dann tun würde. Es war alles nur ein Traum, ein Alptraum gewesen. Aber es war ihm so unheimlich echt erschienen …

Als es endlich so weit war, dass die ersten Geräusche aus dem Haus zu ihm drangen, erhob er sich, ging ins Bad und duschte und wusch sich ausgiebig. Er hatte das Gefühl, sehr Vieles von sich abwaschen zu müssen. Dann wählte er eines der Kleider, die er in Maries Koffer mitgebracht hatte – alle zu kurz, wie er fand, denn heute hatte er das dringende Bedürfnis, möglichst wenig Haut zu zeigen – und kleidete sich sorgfältig an. Er zog die Stiefel an; die gaben ihm Sicherheit. Wenig Schmuck, zurückhaltendes Makeup. Am liebsten hätte er einen Mantel angezogen. Oder eine Ritterrüstung. Oder wenigstens Leder.

Er öffnete die Tür und trat ins Treppenhaus hinaus. Es war leer, aber von unten hörte er das dezente Geklapper von Geschirr. Offensichtlich war er nicht der erste. Hoffentlich war Thomas nicht …

Thomas war der erste, der ihm begegnete. Als hätte er auf Marie gewartet, empfing er ihn an der Tür des Esszimmers, stammelte etwas, lächelte sein breites, ehrliches, freundliches Lächeln und bot ihr halb unbeholfen, halb elegant seinen Arm, um sie an ihren Platz zu geleiten. Alex stutzte zuerst, sah ihn aufmerksam an, versuchte aus seiner Miene schlau zu werden. Thomas wiederholte ohne Hast oder Drängen seine einladende Geste mit dem Arm, und stammelte wiederum etwas, aber er machte so sehr den Eindruck, aufgeregt zu sein und dieser Aufregung auch nicht Herr werden zu können, dass es Alex vollkommen unmöglich war, zu verstehen, was er sagen wollte.

Schließlich nahm er doch seinen Arm, berührte ihn aber so wenig es eben ging und fuhr dabei fort, ihn aufmerksam zu mustern. Die weit auseinanderstehenden Augen, die wie zum Lächeln gemacht zu sein schienen, die kurze, breite Nase, der immer offen stehende Mund, die Pausbackigkeit und die roten Flecken auf den Wangen – alles schien genau wie gestern zu sein. *Diese* Zunge schien keines klar artikulierten Lauts fähig zu sein. Und die unbeholfenen Bewegungen – es war schwer zu glauben, dass *dieser* Thomas der gleiche war, den er heute Nacht kennengelernt hatte.

Paul erhob sich vom Tisch, als er hereintrat und wartete, bis Thomas Marie den Stuhl zurechtgerückt und sie sich gesetzt hatte. Dann erst setzte auch er sich wieder an den üppig gedeckten Frühstückstisch, um den mehrere Dienstboten herumliefen. „Guten Morgen", sagte er, „hast du gut geschlafen in diesem riesigen Bett? Ich hoffe sehr, du hast etwas Schönes geträumt! Denn du kennst ja diesen alten Kinderspruch: Was man in der ersten Nacht in einer neuen Umgebung träumt, das geht in Erfüllung!"

Inhalt

Von Catherine May sind in der Reihe „Crossdresser-Erzählungen" bisher erschienen:

„Neun Tage Frau – Teil 1"
(Crossdresser-Erzählungen – Band 1)
197 Seiten
ISBN: 978-3-7392-2829-9

„Neun Tage Frau – Teil 2"
(Crossdresser-Erzählungen – Band 2)
190 Seiten
ISBN: 978-3-7392-2999-7

„Im Kleinen Schwarzen. Erotische Erzählung"

erschienen in mehreren Teilen:

Teil 1 (Crossdresser-Erzählungen – Band 3), 64 Seiten
ISBN: 978-3-7412-7242-4

Teil 2 (Crossdresser-Erzählungen – Band 4), 80 Seiten
ISBN: 978-3-7431-2847-7

Teil 3 (Crossdresser-Erzählungen – Band 5), 88 Seiten
ISBN: 978-3-7431-9482-3

Teil 4 (Crossdresser-Erzählungen – Band 6), 84 Seiten
ISBN: 978-3-7448-5187-9

Teil 5 (Crossdresser-Erzählungen – Band 7) 92 Seiten
ISBN: 978-3-7460-4948-9

Die Erzählung „Im Kleinen Schwarzen" wird fortgesetzt

In Kürze wird erscheinen:

„Ein Sommertagtraum"
(Crossdresser-Erzählungen)
Teil 1, ca. 150 Seiten

„Wiederum brach ein neuer Tag an. Als Peter erwachte, sah er als erstes seine lackierten Fingernägel. Sie waren rosarot und in eine Form gefeilt, die er zuvor an seinen eigenen Nägeln noch nie gesehen hatte. Er erkannte sie kaum wieder. Ähnlich erging es ihm mit seinen Füßen, auch sie sahen vollkommen verändert aus. *Mehr Mädchen* schien nicht mehr zu gehen ..."

Bei der Erzählung handelt es sich um den Tagtraum eines Jugendlichen im Zuge der Entdeckung seiner verstörenden Vorliebe für Mädchenkleidung. Ein bewusst perfekter Traum, in dem die verunsichernde Anziehung, die die Kleidung des anderen Geschlechts auf ihn ausübt, nicht auf Ablehnung, sondern auf echte Liebe trifft.

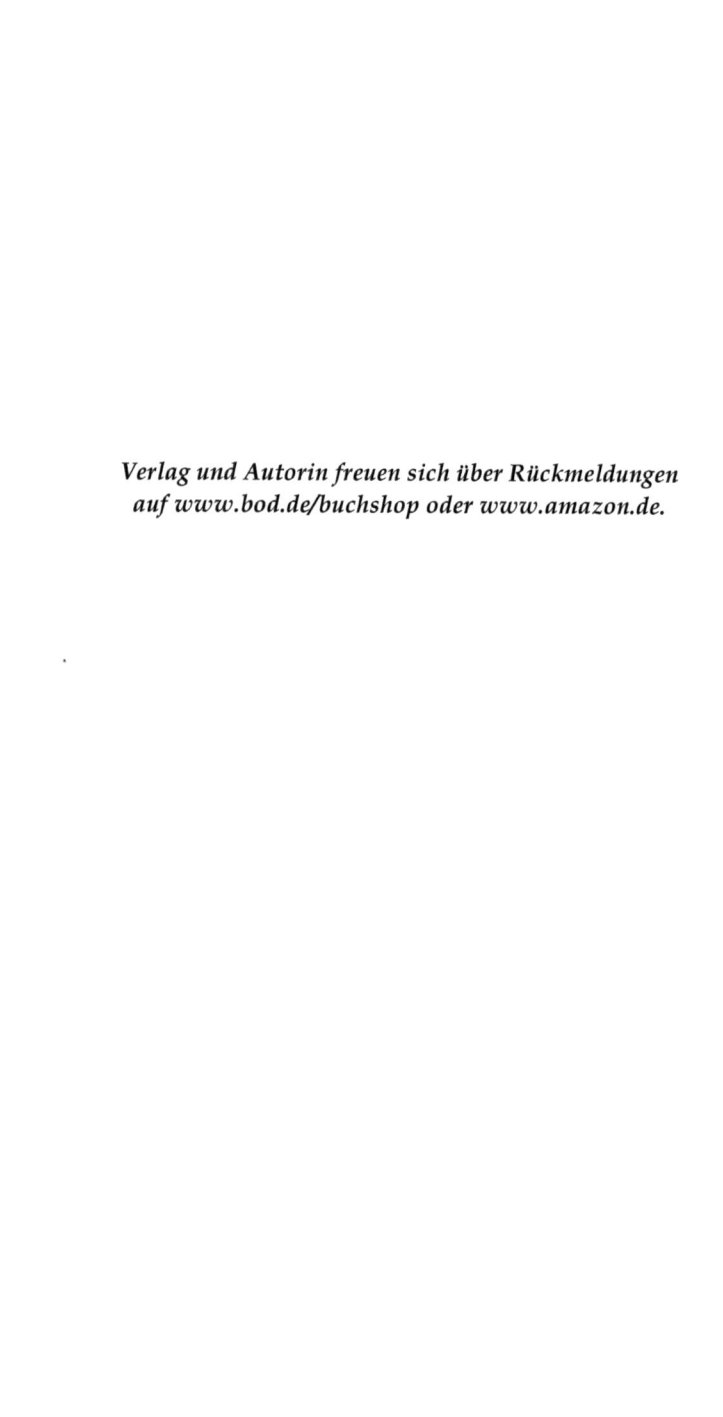

*Verlag und Autorin freuen sich über Rückmeldungen
auf www.bod.de/buchshop oder www.amazon.de.*